AF145831

Führe mich in mein Verderben!

Klaus Michael Schnitzler

Führe mich in mein Verderben!

*Die zweifelhaften Geschäfte der
‚Kapitalbeschaffung durch Immobilienerwerb‘!
Eine Erzählung über gewinnmaximierte Immobilienunternehmen,
geldgierige Gesellschafter, abschlussorientierte Makler,
beeinflussbare Banker und verzweifelte Schuldner*

Roman

Bibliografische Information der Deutschen Nationalbibliothek:
Die Deutsche Nationalbibliothek verzeichnet diese
Publikation in der Deutschen Nationalbibliografie;
detaillierte bibliografische Daten sind im Internet über http://dnb.dnb.de abrufbar.

© 2013 Klaus Michael Schnitzler

Handlung und Personen sind frei erfunden und Namen verfremdet.
Ähnlichkeiten mit lebenden oder verstorbenen Personen und tatsächliche
Begebenheiten sind nicht beabsichtigt und wären rein zufällig. Ich habe
größtmögliche Sorgfalt walten lassen, allen Rechten zu entsprechen.
Sollten Rechte Dritter berührt sein, bitte ich die Betreffenden, mir dies
mitzuteilen. Für den Inhalt ist der Autor verantwortlich.

Layout und Korrektorat: Tanja Fürstenberg www.textniveau.de
Umschlagbild: Hella Scharfenberg

Herstellung und Verlag: BoD – Books on Demand, Norderstedt

ISBN 978-3-7322918-6-1

Vielen Dank meiner Ehefrau, die mir wieder einmal die Zeit ließ, meine Fantasien niederzuschreiben, und meinem Bruder Dierk, der meine Logik im Auge behielt. Meine Tochter spornte mich in ihrer liebenswerten Art immer wieder an (das schaffst Du schon!).

Alle haben mich positiv motiviert … und so soll es sein.

Besonderer Dank gilt Tanja Fürstenberg, die meinem Roman den Feinschliff gab und mich in vielen Details fachkundig beraten und unterstützt hat. Vielen Dank auch an die Künstlerin Hella Scharfenberg für das gelungene Titelbild.

I

Die Situation ist ihm klar und bewusst. Er empfindet sie als so normal und folgerichtig wie das freundliche „Guten Morgen, Herr Schmidbauer" eines Nachbarn auf dem morgendlichen Weg zu seinem Arbeitsplatz. Was gerade geschieht, ist real, ohne Schrecken, unausweichlich, logisch. Er hat sich zu seinem Tod entschlossen und ist darauf eingestellt, ruhig, sachlich und unverständlich gefasst. Es ist halt so und er will es nicht ändern. Der Tod ist sein Ausweg.

Ihm gehen viele Dinge durch den Kopf, von denen er weiß, dass er sie hätte erledigen müssen. Er sieht seine Mutter und seinen Vater, die schon lange verstorben sind. Sie winken ihm freudig zu. Er sieht seine Freunde und Geschwister, die weiterleben werden und die ihm einen letzten Gruß zuzurufen scheinen und er sieht Erinnerungsfetzen vorbeifliegen aus seinem zuletzt so unruhigen und zerstörten Leben. Alles registriert er ohne negative Empfindungen, ein Lebensfilm, den er als unbeteiligter Betrachter an sich vorbeiziehen lässt. Er weiß trotzdem, dass er die Hauptperson während dieser endlichen Fahrt in die Unendlichkeit ist. Er hatte es so gewollt, weil er es in seinem Leben nicht mehr aushielt.

Seine fast erwachsene Tochter Isabella und sein kleiner Sohn Marko stehen vor ihm. In ihren traurigen Augen sieht er, dass sie seinen unerwarteten Abschied nicht verstehen. Die Tränen seiner Ehefrau Sabine zeigen ihm ihre Liebe, gleichzeitig das Unverständnis und den reißenden Schmerz des Für-immer-Verlassenwerdens, des schlagartigen Alleingelassenseins mit den gewaltigen Problemen des plötzlich so schrecklichen Daseins. Sie nimmt beide Kinder an die Hand und wendet sich ab – so, als wolle sie nicht sehen, was unausweichlich geschieht.

Irgendetwas gaukelt ihm vor, dass es Minuten dauert, was sich in Sekunden abspielt. Und er genießt paradoxerweise alles, was unkontrolliert in seinem Bewusstsein abläuft. Plötzlich will er unbedingt diese Restzeit seines Lebens verlängern, wissend, dass das unmöglich ist. Dabei ist sein Tod sein letzter Ausweg, seine Flucht vor dem Weiterleben, der Schande, den Enttäuschungen und dem verzehrenden Selbstmitleid, das ihn in den letzten Monaten immer mehr vereinnahmt hatte.

Als der riesige Sattelschlepper aus der übersichtlichen, lang gezogenen Kurve auftaucht, wirken die Zentrifugalkräfte auf sein kleines, geliehenes Fahrzeug so stark, dass sie den Wagen langsam und unaufhaltsam über die durchgezogene weiße Doppellinie hinaus drücken und seine Fahrspur bis zur linken Leitplanke immer weiter verengen. Dem zum Tode entschlossenen Fahrer gehen Möglichkeiten durch den Kopf, wie er dem Aufprall, den er sich so abschließend und tödlich wünscht, entgehen kann. Er aber gibt, wie er es sich vorgenommen hat, weiter Vollgas. Er bremst nicht. Seine verkrampften Hände zerbrechen beinahe das Lenkrad, das Adrenalin überschwemmt seinen Körper, sogar seine Körperbehaarung richtet sich abwehrend auf und versucht, den bevorstehenden Aufprall abzumildern. Die menschliche Natur kämpft verzweifelt gegen sein Vorhaben. Aber sein Wille ist stärker. Und in dem Moment, als die ausladende, wuchtige Motorhaube wie eine Wand vor ihm aufragt und die ganze Frontscheibe des kleinen Wagens ausfüllt, ist auch der letzte Fluchtweg zwischen Leitplanke und Sattelschlepper versperrt. Er sieht einige Aufkleber unter den Lufteinlassschlitzen des LKW-Motors und fragt sich, warum jemand diese Plaketten gerade dort angebracht hat und gleichzeitig, warum ihn das jetzt eigentlich interessiert. In dem Augenblick, als der kleine Wagen gegen die riesige und extrem stabile Stoßstange des Sattelschleppers prallt, fliegen erste Funken, hervorgerufen durch die schrammende Berührung mit dem Sattelschlepper, als dieser – von dem erschrockenen Fahrer in ein waghalsiges Ausweichmanöver gezwungen – die Doppelleitplanke beim verzweifelten Versuch eines letzten Ausweichmanövers berührt.

Der Todessüchtige sieht in schrecklicher Langsamkeit, wie sich die Motorhaube seines Wagens einer Ziehharmonika gleich zusammenschiebt, fühlt, wie sich das Lenkrad gegen seine Brust drückt und gleichzeitig aus seinen Händen gerissen wird, fühlt einen heftigen Schlag gegen seine Beine, als messerscharfe Bleche und Plastikteile ihm die Füße abtrennen. Er wird mit unglaublicher Brutalität in seinem Sicherheitsgurt zurückgehalten, gegen die Fliehkraft der Geschwindigkeit. Die Windschutzscheibe zerplatzt in tausende kleine Splitter, die wie ein Diamantregen durch das zerstörte Innere des Autos fliegen und tausendfach auf seinen nach vorne schnellenden Kopf und die Gesichtshaut aufprallen und einschneiden. Die beiden Wagentüren öffnen sich mit tödlichem Metallkreischen und dem Fahrer fehlen plötzlich der Platz und die Luft zum Atmen. Airbags, Stoffe, Metall umschlingen ihn eng und enger. Und über das herausplatzende Glasschiebedach sieht er einen menschlichen Körper hinwegfliegen, dessen Gesichtsausruck nur Unverständnis ausdrückt. Er denkt noch: Das ist also der Fahrer des Sattelschleppers; der, der die Plaketten so eigenwillig an der Vorderseite seines LKW angebracht hat. Alle diese Eindrücke passieren gleichzeitig, Traum, Erinnerung und Gegenwart geschehen nebeneinander und unabhängig. Und der Todesfahrer erfasst alles in jedem schönen und schrecklichen Detail.

Jetzt stirbt er also! Er hatte es getan, seinem Leben ein Ende gesetzt. Sein persönliches Elend ist in einem einzigen Sekundenbruchteil auf andere, geliebte Menschen übergegangen. Hatte er das gewollt?

Es zischt, es dampft, man riecht typische Autogerüche, Öl, Benzin, Schmiere. Einige abgerissene Blechteile scheppern noch über den Asphalt. Die Fliehkraft, die den sterbenden Fahrer wie einen Spielball nach vorne gezerrt und gleichzeitig im Sicherheitsgurt fest umklammert hat, gibt auf und das kleine Fahrzeug rückt ein klein wenig von dem riesigen Sattelschlepper zurück, gibt zwischen den verfeindeten Fahrzeugen einen kleinen Spalt frei. Von oben aus dem Führerhaus des Sattelschleppers fallen einige Papierfetzen herunter, eine Rolle weißes Papier wickelt sich auf dem Weg zur Straße ab wie ein Zeichen der Ergebung. Das Lenkrad des kleinen Wagens hat sich neben den herabhängenden Kopf des Fahrers geschoben und steht hier jetzt sinnfrei und nutzlos wie ein Stachel, wo es gar nicht hingehört. Überall breitet sich Blut aus und färbt alles rot, erst langsam und dann schneller und stärker und undurchsichtiger, herzblutrhythmisch. Das Leben läuft aus dem Körper des Fahrers heraus. Er versucht unterbewusst, sich zu bewegen, er verspürt keine Schmerzen, es sind letzte unkontrollierte Zuckungen abgeschalteter Nerven. Er kann sich nicht bewusst bewegen, jede noch so große Willensanstrengung ermöglicht keine Reaktion mehr. Sein Blick ist jetzt dunkelrot verfälscht und ohne Kontakt, das Blut fließt aus unzähligen Glaseinschlägen über sein Gesicht von oben in seine geöffneten, nichts sehenden Augen und löscht seine letzten Wahrnehmungen. Es wird schwarz um ihn, dann … aus. Nichts mehr.

Nach dem schreienden Blech, den quietschenden Reifen und dem dumpfen Aufschlag zweier metallener Körper ist jetzt nichts mehr zu hören. Kein Radio spielt aktuelle Songs, keine Nachrichten geben Weltgeschehen wieder, keine Umweltgeräusche symbolisieren pulsierendes Leben. Die Natur ist schlagartig in Schweigen erstarrt, verstört ob des Schreckens und des Todes. Sekunden ticken ohne Geräusche. Dann geht die Natur wieder zur Normalität über.

Da sitzt also der Fahrer, sein zerstörter Körper verdreht und völlig eingeklemmt, blutüberströmt in dem kleinen Wagen, der bis zur Frontscheibe zusammengedrückt ist und von der riesigen Stoßstange und dem gewaltigen Motor des Sattelschleppers wieder ein klein wenig freigegeben worden ist. Der hintere Teil des Wagens steht unnatürlich hoch, fast ohne Erdberührung, wie der erhobene Po einer Ente beim Fressen. Das Auto ist in der Mitte eingeknickt, die Türen stehen weit offen und überall liegen Metall- und Plastikteile auf der Straße. Von allen Seiten ist zu erkennen, dass für ein Ausweichen kein Platz zwischen Sattelschlepper und Leitplanke war, sodass der Auflieger des Sattelschleppers über die Leitplanke in den Graben gestürzt ist und jetzt schräg daliegt. Wasserdampf steigt aus den Motorräumen beider Fahrzeuge auf.

Der Fahrer des kleinen Fahrzeuges ist Sekunden nach dem fürchterlichen Aufprall tot, der LKW-Fahrer überlebt den Unfall schwer verletzt, wird aber sein Leben lang nicht mehr arbeiten können. Die Polizei wird später feststellen, dass der PKW-Fahrer in Selbsttötungsabsicht in den LKW gerast ist. Der Tote hinterlässt eine Frau, Sabine, sowie zwei Kinder, Isabella und Marko. Sein Name war Thomas Schmidbauer, er war Geschäftsstellenleiter einer Buchhandlung in Kaarst, aktives Mitglied der Kaarster Schützen. Er spielte regelmäßig Tennis und Fußball im örtlichen Verein und pflegte ein intensives Leben im Kreise seiner Familie mit regelmäßigen Grillabenden im Sommer und Kegelabenden im Winter. Thomas Schmidbauer war überall sehr beliebt, ein freundlicher und liebenswerter Familienvater. Alle Verwandten und Freunde merkten in den letzten beiden Jahren, dass er sich verändert hatte. Er war introvertierter, stiller geworden, neigte manches Mal zu Jähzorn. Auch seine Ehefrau Sabine registrierte, dass irgendetwas mit ihm nicht in Ordnung war. Aber sie fand keinen Zugang zu ihm, bekam keine Antworten auf ihre Fragen und glaubte schließlich, dass irgendetwas mit seiner Gesundheit nicht in Ordnung war. Das Zusammenleben war zuletzt unerträglich und schmerzhaft. Jetzt sollte sie bald die Wahrheit erfahren.

II

Es ist bereits vierzehn Tage her, dass Thomas bei dem Unfall starb. So lange hatten die Untersuchungen angedauert. Gutachter, die den Unfallhergang aufnahmen und rekonstruierten, Mediziner, die obduzierten, Versicherungssachverständige, die alle Ansprüche rechtlich klärten und Gläubiger, von deren Existenz seine Frau bisher nicht wusste, sind überaus engagiert und akribisch über das Geschehen hergefallen. Und Sabine Schmidbauer steht in ihrem Schmerz und ihrer Sorge um die eigene Zukunft und die ihrer Kinder alleine. Verwandte und Freunde bieten ihr immer wieder Hilfe an. Aber die Fragen und verstörende Informationen, die von allen Seiten auf sie einstürzen, verunsichern sie. Zuletzt die Erkenntnis, dass auf dem Gehaltskonto ihres Mannes kein Geld zur Verfügung steht, sondern eine beachtliche, ungeregelte Kontoüberziehung verbucht und zur sofortigen Rückzahlung fällig gestellt ist, lässt sie in ein emotionales Tief sinken. Wie soll sie die Beerdigung bezahlen, wie steht sie vor den Freunden und Verwandten, der Nachbarschaft da?

In den Versicherungsunterlagen ihres Mannes findet sie eine Lebensversicherung und eine Sterbeversicherung. Aber es braucht nur wenige Stunden und eine weitere Enttäuschung verstärkt ihre Verzweiflung. Durch den erbetenen, kurzfristig erfolgten telefonischen Rückruf der Versicherungsgesellschaft mit Sitz in Düsseldorf erfährt sie, dass die Lebensversicherung über nominal 75.000 Euro an eine Hypothekenbank zur Besicherung eines Darlehens abgetreten ist und dass erhebliche Beitragsrückstände bestehen. Die verständnisvolle

Sachbearbeiterin teilt ihr entgegen ihren strengen Vorschriften mit, dass Beiträge für eine Sterbeversicherung seit vierzehn Monaten nicht mehr bezahlt worden sind und die Lastschriften von der Hausbank nicht eingelöst, diese Versicherung daher gekündigt worden ist. Aus diesen völlig unerwarteten Auskünften erwächst für Sabine Schmidbauer eine erschütternde Panik, die sie tageweise völlig lähmt.

Wenn ihre beiden Kinder morgens aus dem Haus sind, weint sie stundenlang und sitzt apathisch im Wohnzimmer, unfähig, einen einzigen klaren Gedanken zu fassen. So lange sie auch darüber nachdenkt, ihr fällt niemand aus der Familie ein, den sie um Rat fragen kann. Gerade die Familienangehörigen von Thomas führen allesamt einen geordneten Lebenswandel, gutbürgerlich und finanziell konservativ achten sie streng auf ihr Hab und Gut. Sie haben alle ausreichende Einkommen. Monika, die Schwester von Thomas, kann sie nicht und will sie auch nicht ansprechen, solange sie nicht versteht, was die vielen für sie neuen Informationen und Auskünfte bedeuten. Das Verhältnis zu ihrer eigenen Schwester Sonja und deren Mann ist durch gegenseitige Vorwürfe bei der Bezahlung der laufenden Altenpflege ihrer Eltern angespannt. Freunde anzusprechen und um Rat und Hilfe zu bitten, hat Sabine noch nie gekonnt. So ist sie alleine mit ihrer aufsteigenden Wut und Enttäuschung und erkennt, dass nur sie die sich auftürmenden Probleme lösen kann und muss. Ihr Verstand sagt ihr zwar, dass Hilfe von Außenstehenden bei der Lösung eigener Probleme immer besser, weil neutral und emotionslos, möglich ist. Aber sie gesteht sich gerade diese Notwendigkeit nicht, noch nicht, ein.

Als die beiden Kinder an diesem Morgen zur Schule gegangen sind, betritt Sabine das kleine Arbeitszimmer, das Thomas sich schon vor Jahren im Keller für seine Bastelarbeiten eingerichtet hatte. Sie steht einige Minuten in dem ‚Refugium der Ruhe', wie Thomas diesen Raum immer lachend nannte, und den sie außer zum Reinemachen nie betreten hatte, bevor sie mit klopfendem Herzen den alten Sekretär aufschließt. Vorsichtig dreht sie den Schlüssel im Schloss. Die Arbeitsplatte springt auf und sofort quellen unzählige Briefumschläge heraus und fallen beim Herunterklappen der Schreibplatte auf den Boden. Sie erkennt, dass die meisten Briefe ungeöffnet sind. Im Sekretär selbst ist ein unübersehbares Chaos, alles liegt ungeordnet durcheinander. Sabine sinkt erschrocken und fassungslos in den Bürostuhl. Statt die Ordnung vorzufinden, die sie von Thomas in all den gemeinsamen Jahren gewöhnt war, gleicht der Sekretär einem vergessenen und nach Jahren endlich ausgeleerten Briefkasten. Was bedeutet das? Nach Minuten entsetzter Starre beginnt sie, die Briefumschläge aufzuheben und zusammenzulegen. Und mit jedem Briefumschlag wird ihr Entsetzen größer.

‚Was hast du gemacht, Thomas, was bedeutet das alles?‘, denkt sie verzweifelt.

Ihrem anerzogenen Automatismus der Ordnung folgend sortiert sie die Post nach Bankbriefen, Schreiben von Versicherungen und Behörden usw. Sie legt die gelben Briefe mit den Zustellungsvermerken zusammen. Hierbei stellt sie erschrocken fest, dass einige der Briefe, auch dieser bedrohlichen gelben Briefe, an sie adressiert sind. Nur gesehen, geschweige denn gelesen hat sie nicht einen davon. Wer hat die Briefe in Empfang genommen? Dann erinnert sie sich, dass der Briefträger ein Fußballfreund von Thomas ist. Sie zählt fünfundzwanzig gelbe Umschläge von verschiedenen Amtsgerichten; Schreiben, bei deren bloßem Anblick sie schon weiß, dass sie immer höchst unangenehme, ja erschreckende Nachrichten beinhalten. Und alle diese Schreiben sind ungeöffnet! Warum? Dazwischen findet sie immer wieder auch Privatpost, Postkarten von Familienmitgliedern aus den letzten Urlauben, Geburtstagsglückwünsche und zwei Todesanzeigen – Nachrichten, die sie nicht kennt, die sie nicht zu Gesicht bekommen hat. Schließlich sitzt sie vor verschiedenen Stapeln Briefe und zögert, diese zu öffnen. Es ist, als kann sie voraussehen, dass in den Briefen nichts Positives steht und weiß, wie weitere Puzzlesteine ihr ein Gesamtbild von Thomas offenbaren werden, das ihr völlig fremd ist und vor dem sie Angst hat. Erst, nachdem sie sich einen starken Kaffee zubereitet hatte, beginnt sie damit, zunächst die vom Aussehen her unverfänglichen Briefe zu öffnen. Es sind Mahnungen von Versicherungen für nicht eingelöste Lastschriften verschiedener Versicherungsbeiträge, Mitteilungen der Bank über die Einlösungsablehnungen von Forderungen, erste, zweite, letzte Mahnungen und Androhungen von Zwangsmaßnahmen für Strom- und Wassergeld, Ankündigungen der Sperrung des Telefons, Kündigung eines Mobilfunkvertrags, Nachforderung des Jahresbeitrags für den örtlichen Sportverein, Einladungen zu Festveranstaltungen des örtlichen Schützenvereins und noch andere meist unerfreuliche Sachverhalte. Dann findet sie zwei Schreiben von Menschen, die ihr völlig unbekannt sind. Eine Familie Schulze beschwert sich massiv über Mängel in einer von ihr angemieteten Wohnung, fordert sofortige Abhilfe und bestätigt gleichzeitig, dass sie die Mietzahlungen aufgrund der mehrfach geschilderten Sachmängel bereits vor Monaten eingestellt hat und nicht daran denkt, die Mietzahlungen wieder aufzunehmen, bevor die Mängel nachhaltig beseitigt sind. Ein Herr Slobodan entschuldigt sich, dass er die ausstehenden Mieten der letzten zwölf Monate nicht zahlen kann, und erklärt, dass er sich jetzt um eine andere Wohnung bemühen wird. Sabine stöhnt laut auf und hört sich fragen: „Was ist das alles, warum kenne ich das nicht, betrifft uns das überhaupt?"

Nach einigen Minuten des stillen Verharrens versucht Sabine, die vielen Schreiben zu ordnen und diese im nächsten Schritt einzelnen Sachverhalten zuzuordnen, wobei ihr völlig unbegreiflich ist, was die Briefe mit den offenen Mieten zu bedeuten haben. Sie weiß nichts von vermieteten Wohnungen. Außer ihrem Reihenhaus besitzen sie doch keine Immobilien. Es ist für sie fast eine Entspannung, die Werbebriefe und Prospekte zu sichten, die sie schnell durchsieht und bis auf zwei Informationen direkt in den Papierkorb wirft. Das gleiche gilt für die private Korrespondenz, die zum Teil über ein Jahr alt ist. Urlaubsgrüße aus dem vergangenen Jahr interessieren sie zum jetzigen Zeitpunkt wirklich nicht. Der Tod eines Freundes von Thomas, der bereits vor acht Monaten verstorben ist, überrascht sie. Thomas hat ihr nichts davon gesagt. Mehr bringt sie aus der Fassung, dass sich der Vorsitzende des Sportvereins, mit dem sie seit vielen Jahren eine enge Freundschaft pflegen, in einem freundlich-persönlichen Schreiben beklagt, dass Thomas nicht zu den vierteljährlichen Sitzungen erschienen ist und er doch bitte jetzt die noch offenen Monatsbeiträge anweisen möge. Sie ist sicher, dass er sich von ihr zu den Vereinstreffen verabschiedet hat. Wo warst Du, Thomas?

Im nächsten Schritt widmet sich Sabine dem vorsortierten großen Stapel der Versicherungsschreiben. Sie ordnet die Briefe nach Erinnerungen, Mahnungen, Folgemahnungen, Androhung von Kündigungen und Umwandlung in ruhende Versicherungen und endgültige Kündigungen. Gleichzeitig sortiert sie die Schreiben nach den Versicherungsnummern und erkennt, dass Thomas vor drei Jahren mehrere Lebensversicherungen abgeschlossen hat, diese aber nur jeweils zwei Mal mit den vereinbarten Beiträgen bedient hat. Warum hat er diese Versicherungen überhaupt abgeschlossen? Sie liest die amtlichen Schreiben von dem für Kaarst zuständigen Gerichtsvollzieher, insgesamt sechs ausnahmsweise geöffnete Briefe und findet die Forderungen, die gegen Thomas Schmidbauer aber auch gegen sie selbst geltend gemacht werden. Thomas hat es verstanden, diese Schreiben vor ihr geheim zu halten und sehr geringe Teilzahlungen zu vereinbaren oder Aufschübe zu erhalten, wobei ihm seine Freundschaft mit dem Gerichtsvollzieher durch das gemeinsame Interesse am regionalen Schützenwesen zweifelsohne behilflich war. Zum Schluss öffnet sie nacheinander die gelben, amtlichen Umschläge, deren Aufmachung schon nichts Gutes verheißt. Ein Zittern ihrer Hände kann sie dabei nicht unterdrücken. Tatsächlich wird Sabine von Brief zu Brief verzweifelter. Es sind Forderungen von der Stromgesellschaft und dem Wasserwerk, von Versicherungen, vom Sportverein, von der Hausbank und Hypothekenbanken, von Bausparkassen, für den Leasingvertrag des Autos, für die Zusatz-krankenversicherung und selbst für den neuen Flachbildschirm, den Thomas zum Weihnachtsfest vor zwei Jahren gekauft hat. Voller Entsetzen stellt Sabine fest, dass Thomas seit Monaten, zum Teil seit einem Jahr keine Verpflichtung mehr beglichen hat und sich in keiner Weise um seine Verpflichtungen gekümmert hat. Warum? Warum? Warum? Die Frage schallt mit hundertfachem Echo in ihrem Kopf und sucht eine Antwort.

Nach mehreren Stunden hat sie Ordnung in dem Chaos geschaffen, aber immer noch nicht verstanden, was sich hinter diesen einzelnen Vorgängen verbirgt. Das Unverständnis ist stattdessen viel größer gewor-den, wenn sie auch langsam begreift, dass sich ein Unglück und große Tragik ganz offensichtlich in diesen Papierstapeln verbergen und ihr große Probleme bevorstehen können … oder werden? Warum hat sich Thomas nicht um die persönlichen Angelegenheiten gekümmert? Hatte er ein Verhältnis? Hatte er Probleme im Beruf? War er krank? Vor allem aber: Warum hat er ihr nichts gesagt?

Als Marko von der Schule nach Hause kommt, sitzt Sabine noch immer im ‚Refugium der Ruhe' im Keller, Marko ruft in seiner jugendli-chen Unbekümmertheit nach dem Essen und erzählt voller Stolz, dass er eine gute Zensur in Mathematik bekommen hat. Sabine geht den Flur hinauf, nimmt ihn in den Arm und ist dankbar für diese kleine positive Nachricht.

„Ich mache dir schnell etwas zu essen. Hilfst du mir dabei?"

Marko hilft selbstverständlich, deckt den Tisch und sieht seiner Mutter zu, wie sie aus den restlichen Kartoffeln vom Vortag Bratkartoffeln schneidet, brät und mit einem Spiegelei ergänzt. Das mag er gerne. Während er isst, schweifen Sabines Gedanken immer wieder ab, im Geist sortiert sie alle Informationen des Vormittags. Hin und wieder spießt sie mit ihrer Gabel eine Kartoffelscheibe von Markos Teller auf und isst ohne Appetit. Und Marko ist stolz, dass sich seine Mutter wie in einer eingeschworenen Gemeinschaft von seinem Teller bedient.

Nach dem Essen widmet sich Marko seinen Hausaufgaben und bleibt am Küchentisch sitzen, eine Gewohnheit, die es seiner Mutter normalerweise erlaubt, die Hausarbeit zu erledigen und gleichzeitig die Hausaufgaben des Nachwuchses zu überwachen. Heute allerdings kocht sie sich eine weitere Tasse Kaffee und setzt sich im Wohnzimmer in einen Sessel, schließt die Augen und versucht, weiter Ordnung in ihre Gedanken zu bringen. Sie fasst gedanklich zusammen, was sie bisher erfahren hat und kommt zu einem niederschmetternden Ergebnis. Das laufende Konto ist mit fast 5.000 Euro überzogen, ein Kreditlimit steht hier nicht zur Verfügung, sodass die Bank die Überziehung fällig gestellt hat. Die eine ihr bekannte Lebensversicherung über 75.000 Euro ist an eine Hypothekenbank als Sicherheit abgetreten, die Beiträge aber bereits seit Monaten nicht gezahlt, sodass die Versicherung beitragsfrei gestellt worden ist. Gleichzeitig hat die Hypothekenbank das Darlehen aufgrund der Information der Versicherungsgesellschaft über die Nichtzahlung der vereinbarten monatlichen Beiträge für die als Tilgung vorgesehene Lebensversicherung gekündigt. Sabine glaubt, dass es sich hierbei um die Finanzierung ihres Privathauses handelt. Die Beiträge für die Hausratversicherung, die Krankenhauszusatzversicherungen für sie und die Kinder, eine Unfallversicherung und die Kfz-Versicherung sind nicht bezahlt und Zwangsmaßnahmen angedroht und eingeleitet worden. Diverse Beiträge sind durch Mahnbescheide angefordert, aber natürlich nicht bezahlt worden. Die Raten für den Fernsehapparat sind offen, die für das Auto ebenfalls. In zwei Tagen wird das letzte Gehalt vom Arbeitgeber angewiesen. Der Chef der Buchhandlung hat ihr zugesagt, dass für den vergangenen Monat entgegenkommenderweise noch ein ganzes Monatsgehalt gezahlt wird, also gehen netto 2.600 Euro auf dem Gehaltskonto ein, von dem sie nicht weiß, ob ihr davon etwas zur Verfügung stehen wird. Die ungeregelte und zwischenzeitlich gekündigte Kontoverbindung steht einer Auszahlung entgegen. Die Todesfallversicherung ist nicht mehr existent. Sie meint gelesen zu haben, dass nur ein Betrag von circa 450 Euro zur Verfügung steht, der sich aus den gezahlten Beiträgen der letzten Jahre und den Gewinnbeteiligungen zusammensetzt. Ein Schauer des Entsetzens läuft Sabine über den Rücken. Wovon soll sie die Beerdigung bezahlen? Wovon soll sie leben? Wie soll sie die Kinder versorgen? Und als ihr dann noch die für sie völlig unbekannten Schreiben wegen der Wohnungen von ihr fremden Menschen einfallen, schießen ihr die Tränen in die Augen. Sie merkt nicht, dass Marko sich auf das Sofa gesetzt hat und sie erschrocken ansieht.

„Was hast du, Mama?", fragt er.

Sabine erschrickt, wischt sich verlegen die Augen.

„Ich habe gerade an Papa gedacht!", antwortet sie und denkt, dass dies noch nicht einmal gelogen ist.

III

Das Büro der Firma ImRe Immobilie und Rente GmbH befand sich in einem der eleganten Stadtteile von Düsseldorf. Es bestand aus ursprünglich drei kleineren Büroeinheiten im Parterre eines Wohnkomplexes, die vor Jahren durch aufwendige Umbaumaßnahmen zu einer großzügigen, sehr eleganten Einheit umgewandelt worden waren. Die Räume waren mit hellem Holzboden ausgestattet und die riesigen Fensterflächen, die übergangslos in die Grünfläche des parkähnlichen Gartens einluden, ließen die Helligkeit des Sommers ungehindert herein. An den Wänden hingen bunte, moderne Kunstwerke, starke Farbflächen, die sich von der ansonsten weiß glänzenden Tapete abhoben. Die dunklen Büromöbel bildeten einen starken Kontrast hierzu. Die Elektronik, ohne die ein Büro heutzutage nicht mehr auskam, war weitgehend so eingebaut, dass sie erst auf den zweiten Blick ins Auge fiel. Das galt auch für die übergroßen Bildschirme, die in jedem Zimmer an den Wänden hingen und eher wie Gemälde aussahen als wie Informationscenter. Hinter dem Empfang, an dem eine sehr attraktive, großgewachsene Blondine mit elegantem Aussehen thronte, war der Name der Gesellschaft ImRe Immobilie und Rente GmbH mit großen dunkelroten Buchstaben auf einer goldenen Tafel angebracht.

Als ein dezenter Gong erklang, sah die attraktive Empfangssekretärin von ihrem Bildschirm auf und drückte einen verdeckten Knopf unter ihrer Arbeitsplatte. Die Bürotür schwang mit einem leisen Knacken auf. Drei Herren traten nacheinander ein. Sie waren fast gleich gekleidet, dunkelgraue Maßanzüge, weiße Hemden und elegante Krawatten und erinnerten an die grauen Männer aus dem berühmten Kinderbuch „Momo". Die drei Männer schienen bester Laune, lachten laut, grüßten die Empfangssekretärin freundlich und mit den Augen wohlwollend abschätzend, aber doch distanziert und gingen ohne ein weiteres Wort in den kleinen Sitzungsraum, der sich rechts an den Empfang anschloss. Dort war der Arbeitstisch bereits mit Kaffee und Tassen sowie einem kleinen Teller voller edler schokoladenummantelter Plätzchen vorbereitet. Die Herren nahmen in den bequemen Sesseln Platz.

„Da hat die Genossenschaft aber wieder einmal voll ins Klo gegriffen", sagte der erkennbar älteste der drei Männer. „Herr Obergenosse Mannteufel hat mich fast angefleht, dass wir uns die Wohnanlage in Wuppertal ansehen. Die zusammengebrochene Finanzierung muss wohl schnellstmöglich aus dem Kreditbestand der Genossenschaft verschwinden, nach Möglichkeit noch in den nächsten Monaten, auf jeden Fall aber vor Ende des Jahres. Mannteufel ist zu allen Kompromissen bereit und hat sogar durchblicken lassen, dass die Genossen die Kosten für die Umwandlung der Wohnanlage in Teileigentum übernehmen würden sowie die Kaufnebenkosten. Für eine Modernisierung stellt er uns auch einen zinsgünstigen Kredit in Aussicht. Ich habe die Unterlagen bereits hier."

Der Mann sah überaus zufrieden aus, seine grau melierten Haare waren ordentlich gekämmt und ein klein wenig toupiert. Die klaren, sehr hellen blauen Augen schienen die Gesprächspartner zu durchleuchten und die ausgesprochen große, knollige Nase erinnerte unangenehm an einen alkoholtrinkenden Lebemann. Der Mann war Hauptgesellschafter einer großen Vermögensverwaltungsgesellschaft mit Sitz in Köln, sein Name noch heute in der Branche ein fester Begriff: Walter Großkreuz. Auch wenn er wirklich keine Schönheit war, so schaffte er es immer wieder durch seinen Charme, seine sehr elegante Kleidung, seinen offen zur Schau gestellten Reichtum und seine Großzügigkeit in finanziellen

Dingen, attraktive und vor allem junge Frauen an sich zu binden. Er war schon drei Mal verheiratet, hatte aus den Ehen insgesamt fünf Kinder und seine Unterhaltsverpflichtungen entsprachen dem Einkommen eines gehobenen Managers. Sein Privatleben wies einen geregelten Zeitablauf auf. Alle sieben Jahre gab es eine zumeist sehr teure Scheidung, dann wurde ein neuer exklusiver, teurer Wagen angeschafft, und ein neuer Anlauf zum Auffinden einer neuen Liebe – zumeist mit mehreren vergeblichen, aber kurzweiligen Versuchen – wurde genommen. Und an diesem Morgen kam er von einem persönlichen Gespräch mit seinem Golfpartner Direktor Volker Mannteufel, Vorstandsmitglied der Regionale Genossenschaftskasse NRW, Bereich Bergisches Land zurück, der ihn zum wiederholten Male gebeten hatte, eine Groß-immobilie mit seiner Firma ImRe Immobilie und Rente GmbH zu über-nehmen.

„Da scheint es ja wieder einmal im Hause der Genossen zu brennen. Über welches Volumen reden wir denn?", wollte Konrad Wenczowsky wissen, der jüngste Teilnehmer an dieser Gesprächsrunde. Er war dun-kelblond, groß und schlank, ein gut aussehender Mann und ein von Frauen geschätzter Begleiter und auch mehr, Betriebswirt und seit nun-mehr drei Jahren Minderheitsgesellschafter und alleiniger Geschäfts-führer der ImRe Immobilie und Rente GmbH. Nach seinem Studium hatte er einige Jahre im Vertrieb eines Bauträgerunternehmens gearbei-tet. In dieser Funktion hatte er die Firma ImRe Immobilie und Rente GmbH kennengelernt und dann nicht zuletzt auch durch seine Mitgliedschaft im örtlichen Golfklub das Angebot von Walter Großkreuz bekommen, einen Fünf-Prozent-Anteil an der Gesellschaft zu überneh-men und Geschäftsführer der ImRe Immobilie und Rente GmbH in Düsseldorf zu werden. Der bisherige, langjährige Vertraute des Walter Großkreuz in dieser Position hatte aus persönlichen Gründen seine Arbeit in der Gesellschaft gekündigt. Der tatsächliche Grund für sein unvermitteltes Ausscheiden als Geschäftsführer waren allerdings erhebliche Streitigkeiten über die Eigenkapitalausstattung des Unternehmens. Hier war es insbesondere der Partner von Walter Großkreuz, Rechtsanwalt Horst Müller, der immer wieder die entsprechenden Wünsche seitens der Geschäftsführung, die Eigenkapitalausstattung der Gesellschaft nachhaltig zu erhöhen, ablehnte. Horst Müller war ein bekannter Strafverteidiger. Nur einhundertfünfundsechzig Zentimeter klein konnte er durch sein selbstbewusstes Auftreten und eine schneidende Stimme ganze Gerichtssäle in Angst und Schrecken versetzen. Am auffälligsten waren seine fast schwarzen Augen, die so gar keine Gefühlsregungen zeigten. Was für die Verteidigung von Angeklagten gut war, bereitete ihm in seinem Privatleben erhebliche Schwierigkeiten. Er hatte es bisher nicht geschafft, eine Frau langfristig an sich zu binden, und beschränkte sich daher darauf, seine entsprechenden Bedürfnisse durch ebenso regelmäßige wie häufige, teure Besuche in exklusiven Bordellen zu befriedigen. Seine einzige Leidenschaft war das besessene Sammeln von Armbanduhren, möglichst viele, möglichst seltene und möglichst teure. Er war neben Walter Großkreuz der zweite Hauptgesellschafter der ImRe Immobilie und Rente GmbH.

Die ImRe Immobilie und Rente GmbH war ursprünglich aus den sehr persönlichen Interessen der beiden Gesellschafter Großkreuz und Müller heraus entstanden und wickelte Immobiliengeschäfte, über die sie aus ihrem Mandantenkreis Kenntnis bekamen, ab. Aus Gründen der eventuellen Haftung und Verantwortung wollte keiner der beiden Herren die Geschäftsführung selbst übernehmen. Sie suchten daher Angestellte für diese Aufgabe, denen sie alle Verantwortung übertragen konnten, ohne aber die absolute Kontrolle und das Sagen aus der Hand zu geben. Sie nannten das ihre ,Strategie der Risikominimierung'. Seit Bestehen der Gesellschaft gab es schon eine Reihe von Geschäftsführern, die sich mal besser, mal schlechter ihrer Aufgabe gewachsen zeigten. Gemeinsam war allen, dass sie alle nur über einen Arbeitsprozess die Zusammenarbeit mit der ImRe Immobilie und Rente GmbH zumeist nach nur zwei Jahre der Zugehörigkeit und ohne finanziellen Erfolg beendeten.

„Wir reden über eine Wohnanlage, bestehend aus sechs Häusern mit je sechzehn Zwei- und Drei-Raum-Wohnungen. Die gesamte Wohnfläche beträgt 6.450 Quadratmeter, die Soll-Netto-Miete liegt bei 245.100 Euro p. a., was einer Quadrat-Netto-Miete von 3,80 Euro entspricht. Der Kaufpreis soll bei 2.580.000 Euro liegen!", erklärte Walter Großkreuz, der sich die Daten aus seinen handschriftlichen Aufzeichnungen heraussuchte.

„Das entspricht einer Netto-Miet-Rendite von 9,5 % p. a., wenn die Soll-Miete auch die Ist-Miete ist?", fragte Horst Müller.

„Ja, aber die Ist-Miete ist natürlich niedriger, sie beträgt, einen kleinen Moment bitte, sie beträgt nur 156.000 Euro p. a. und das ist dann eine Netto-Miet-Rendite von 6,04 % p. a. Das ist in der heutigen Zeit immer noch eine überdurchschnittliche Rendite für eine Immobilienanlage und andere Kapitalanlagen liegen noch erheblich niedriger, wenn ich nur an die aktuellen Spar- und Festgeldzinsen denke", ergänzte Walter Großkreuz.

„Und die Genossen wollen tatsächlich die Kosten für die Abgeschlossenheitserklärung, die Teilungserklärung komplett übernehmen und die Kaufnebenkosten, das sind doch auch noch einmal ungefähr 300.000 Euro. Dann muss die Immobilie den Genossen aber wirklich keine Freude machen. Denn das bedeutet einen Angebotspreis von ungefähr 450 Euro pro Quadratmeter Wohnfläche! Was wissen wir über den Hintergrund dieser Immobilie?" Konrad Wenczowsky blickte seine Partner fragend an.

„Die Lage ist natürlich nicht die beste. Es ist zwar kein sozialer Brennpunkt, aber der Anteil an Migranten in der Mieterschaft ist mit fast 50 % recht hoch. Ein Teil der Mieten wird über das Sozialamt gezahlt, was eine gewisse Sicherheit für die Eigentümer bedeutet. Der Leerstand in den Häusern ist seit Jahren relativ gleich geblieben, weil die Miete sehr günstig ist. Der bisherige Eigentümer, eine Wohnungsbaugesellschaft, hat die Immobilie mithilfe der Sparkasse vor zwei Jahren erworben, kann aber die Kosten für die Sanierung, die sehr umfangreich geplant war, nicht aufbringen. Und eine desolate Situation in zwei anderen Neubauvorhaben hat die Gesellschaft jetzt in eine extreme Schieflage gebracht, wodurch sich die Genossen veranlasst sehen, die Kreditlinie des Kunden dramatisch und vor allem kurzfristig zu reduzieren." Walter Großkreuz lehnte sich in seinem Sessel zurück und sah durchaus zufrieden aus. „Des einen Pech ist des anderen Glück. Bisher haben wir die Angebote der Genossen doch immer sehr gut in unserem Interesse nutzen können."

„Haben wir mit Paul und Paul bereits über die Vertriebschancen gesprochen?", fragte Horst Müller seinen Partner Walter Großkreuz.

„Über dieses Vorhaben noch nicht. Ich weiß aber aus meinem Telefonat mit Timo Paul vor circa einem Monat, dass sie händeringend neue Immobilien für ihren Vertrieb suchen und brauchen. Das Jahresendgeschäft steht vor der Tür und die Vorarbeiten nehmen ja einige Monate in Anspruch," sagte Konrad Wenczowsky für den angesprochenen Walter Großkreuz, denn schließlich war er ja für den Vertrieb zuständig.

Für einige Momente konzentrierten sich die drei Männer auf ihren Kaffee und dachten nach. Mit einem Stirnrunzeln einigten sich die Partner dann darauf, dass die Verkaufsdetails, die Walter Großkreuz von der Sparkasse sauber und umfangreich geheftet mitgebracht hatte, von jedem noch einmal durchgesehen werden, eine gemeinsame Besichtigung der Immobilie stattfindet und man dann in den nächsten Tagen eine Entscheidung trifft. Zuletzt wurde noch ein Termin für eine Besichtigung festgelegt und ein Datum, bis zu dem die Entscheidung getroffen werden sollte. Jeder Partner wusste, was er zu tun hatte, sie waren ein eingespieltes Team. Die Empfangssekretärin fertigte noch zwei Kopien der von Herrn Mannteufel an Walter Großkreuz ausgehändigten Unterlagen an, dann trennten sich die Wege.

Im Büro kehrte die morgendliche Routine ein. Die insgesamt fünf Mitarbeiter der ImRe Immobilie und Rente GmbH waren mit der Hausverwaltung der verschiedenen Bestandsimmobilien beschäftigt, einige rechtliche Dinge mussten vom hauseigenen Juristen abgeklärt werden und hin und wieder tauchte ein Mieter im Büro auf, der sich über Mängel in seiner Wohnung beschwerte oder einen neuen Mietvertrag zu unterschreiben hatte. Es war ein ganz normaler Arbeitstag. Es war aber auch der Tag, an dem das Schicksal von Thomas Schmidbauer und seiner Familie eine allererste Verbindung mit der Firma ImRe Immobilie und Rente GmbH erahnen ließ. Nur wusste das in diesem Moment nur das Schicksal.

IV

Die drei Partner der ImRe Immobilie und Rente GmbH waren sich schnell einig, dass das Angebot der Regionale Genossenschaftskasse NRW, Bereich Bergisch Gladbach, für sie sehr lukrativ war. Während der gemeinsamen Besichtigung der Wohnanlage in Wuppertal hatten sie gedanklich eine Bestandsaufnahme der auffälligen Mängel gemacht und dabei festgestellt, dass ein Anstrich von außen mit modernen, witterungsbeständigen Farben unbedingt erforderlich war und die Haustüranlagen mit den Briefkästen erneuert werden mussten. Die Holzfenster waren noch gut und bereits isolierverglast, wenn auch nicht den neuesten DIN-Vorschriften entsprechend. Die Treppenhäuser mussten gestrichen werden, während die Bäder und Toiletten mit einigen wenigen Ausnahmen zwar noch dem farblichen Geschmack der Siebzigerjahre des vorigen Jahrhunderts entsprachen, aber erstaunlicherweise in einem insgesamt guten Zustand waren. Die Heizungsanlagen in den Häusern funktionierten nach Aussage des Hausmeisters, der sie während der Besichtigung begleitete, ohne Beanstandungen. Demgegenüber musste die Grünanlage zwischen den Gebäuden von einer Gartenbaufirma neu angelegt und die Wege und die offenen Parkplätze, von denen es für jede Wohnung einen gab, plattiert werden.

Konrad Wenczowsky addierte in Gedanken die einzelnen Kostenpositionen auf. „Ich glaube, dass wir mit insgesamt 200.000 bis 230.000 Euro für die Arbeiten auskommen. Also beantragen wir für die Sanierung einen Überziehungskredit von 250.000 Euro mit einer Laufzeit von zwei Jahren. Ich muss das noch einmal genau kalkulieren, aber mit dem Betrag ist die Anlage optisch in einen verkaufsfähigen Zustand zu bringen." Seine beiden Partner nickten bei der Erklärung. Ihre Überlegungen waren sehr ähnlich.

„Ich werde mich dann übermorgen mit Anton Paul von der Immobilienvertriebsgesellschaft Paul und Paul zusammensetzen. Herr Paul ist sowieso in Düsseldorf. Er weiß bereits im Groben über die Anlage Bescheid. Ich werde sie ihm zeigen und einmal vorfühlen, wie er die Wohnungen nach Abgeschlossenheit und Teilung an den Mann bringen kann."

Zuletzt erklärte Walter Großkreuz: „Ich werde mit dem Notar Bachmann reden und Vertragsentwürfe für den Vertrieb vorbereiten lassen. Am kommenden Montag habe ich einen Termin mit der Regionale Genossenschaftskasse. Dann sollten alle Informationen vorliegen, um Herrn Mannteufel und dem Vorstand ein Angebot machen zu können. Ich gehe davon aus, dass der Kaufpreis von insgesamt 2.580.000 Euro akzeptabel ist, wenn die Genossen die Abgeschlossenheit und Teilung übernehmen und uns einen Kredit für die Sanierung von 350.000 Euro zur Verfügung stellen. Mit dem Sanierungskredit sollten wir uns", fügte Großkreuz mit einem Lächeln hinzu, „auch unsere Leistung der Überwachung der Sanierung mit 100.000 Euro angemessen bezahlen lassen. Niemand macht letztlich etwas umsonst."

Nach der gemeinsamen Besichtigung waren die Aufgaben klar festgelegt und die Partner gingen mit genauen Vorstellungen an die Realisierung. Bereits zwei Tage später traf sich Konrad Wenczowsky mit dem Seniorpartner der Immobilienvertriebsgesellschaft Paul und Paul im Frühstücksraum eines 5-Sterne-Hotels in der Düsseldorfer Innenstadt. Während eines ganz privaten Besuchs der Immobilie und den zwischenzeitlich erhaltenen telefonischen Erläuterungen zu den vorgesehenen Sanierungsarbeiten, hatte sich Anton Paul bereits einen persönlichen Eindruck von der Wohnanlage gemacht.

„Ich weiß ja immer noch nicht, wie Sie immer wieder solche tollen Immobilien ‚aus dem Hut zaubern'", eröffnete Anton Paul das Gespräch. Er war kein Freund von langen, oberflächlichen und überflüssigen Floskeln.

„Das fragen Sie am besten unseren Walter Großkreuz, dem immer wieder solche Angebote auf den Tisch kommen. Er ist schon so lange im Geschäft und hat sich durch saubere Abwicklungen einen guten Namen in der schwierigen Branche gemacht. Von Kontakten leben wir doch alle, nicht wahr?", antwortete Konrad Wenczowsky, ohne Details über die geschäftlichen Beziehungen zu den Genossen preiszugeben und gleichzeitig doch das eigene Unternehmen erfolgreich und seriös darzustellen. Anton Paul nickte, während er die Frühstückskarte studierte. Konrad Wenczowsky ließ ihm Zeit. Er hatte in der Zeit seiner Zugehörigkeit zu der Firma gelernt, dass mit seinem Geschäftspartner Anton Paul sehr viel leichter zu verhandeln war, wenn für sein körperliches Wohl ausreichend gesorgt war. Erst nach der Bestellung fand Anton Paul wieder sein Interesse an der Immobilie zurück.

„Ihre Gesellschaft hat die sechsundneunzig Wohnungen bereits gekauft?", fragte er direkt.

„Nein, noch nicht. Wir tun uns natürlich viel leichter, wenn wir wissen, dass mit einem so umsatzstarken Vertriebspartner wie Ihnen ein zügiger Absatz der Wohnungen sichergestellt ist. Wir möchten unser Risiko natürlich so gering wie möglich halten und dazu zählt ein möglichst schneller Abverkauf. Ich brauche Ihnen ja nicht zu sagen, dass wir erst Geld mit dem Abverkauf der letzten Wohnungen verdienen!"

Anton Paul löffelte mit erkennbarem Appetit das in der Zwischenzeit servierte Rührei mit Speck und Bratkartoffeln. Es störte ihn nicht, dass einige Brocken von seiner Gabel auf die Tischdecke und den Boden fielen.

„Es ist klar, dass die Wohnungen abgeschlossen und geteilt sein müssen, ohne Grundbuchblatt für jede einzelne Wohnung kein Verkauf.

Außerdem benötigen wir ein aktuelles Wertgutachten für die Wohnanlage, natürlich mit positiven Aussagen und die Sanierungen sind abgeschlossen. Erst wenn das alles vorliegt, werde ich über die Übernahme des Vertriebs nachdenken und entscheiden. Schaffen Sie das denn überhaupt noch vor Oktober dieses Jahres, denn dann beginnt unser Jahresendgeschäft?"

Konrad Wenczowsky kannte alle diese Argumente und insbesondere kannte er seinen Geschäftspartner gegenüber. Während er bei seinem Kaffee geblieben war, genoss Anton Paul die Freuden des ausgiebigen und vor allem kostenlosen Frühstücks. Zu den Rühreiresten auf Tischdecke, Hose und Boden hatten sich zwischenzeitlich unzählige Krümel der knusprigen Brötchen hinzugesellt, die jetzt an der Reihe waren, verspeist zu werden.

„Warum genießen Sie nicht erst einmal das vorzügliche Frühstück?", empfahl Konrad Wenczowsky, dem die Essgewohnheiten seines Gegenübers peinlich waren, und weiter: „Ich bedauere, dass ich schon zu Hause gegessen habe."

Es galten immer die gleichen Spielregeln. Erst musste das Interesse geweckt werden, dann war eine luxuriöse Umgebung unbedingt erforderlich, ein erstklassiges Essen – normalerweise zur Mittagszeit mit teurem Wein oder am Abend mit zusätzlichen, ausgewählten alkoholischen Weinbränden – und danach die Besuche in einem der bekannten Striptease-Etablissements der Stadt. Und Anton Paul war in dieser Hinsicht wie alle anderen auch. Nur hatte es Konrad Wenczowsky heute geschafft, seinen Gast bereits am Vormittag zu dem Termin zu bewegen, was ihm Zeit sparte und der Firma erhebliche Kosten. Eine wunderbare Fügung, dass Anton Paul am Mittag bereits nach Frankfurt weiterreisen musste.

„Sie müssen sich, guter Freund, aber beeilen, denn ich schaue mir heute und morgen noch andere, sehr interessante Angebote an und wir kümmern uns immer nur um ein bis höchstens zwei Wohnanlagen in der

Platzierung zum Jahresende. Ich will aber auch nicht verhehlen, dass Ihre Anlage hier in Düsseldorf, nein in Wuppertal, ein paar erstaunliche Pluspunkte aufweist. Zum einen sind die Lage und das Umfeld gut. Darüber hinaus ist die Belegung mit Ausländern mit 42 Prozent ungewöhnlich gering. Die Anlage selbst ist nur drei Geschosse hoch, ohne Aufzüge und daher bei den Nebenkosten nicht zu teuer und last but not least", er wischte sich mit dem Handrücken die letzten Krümel vom Mund, die sich so zu den anderen Krümeln in seinem Umkreis gesellen konnten, „mit den von Ihnen genannten Schönheitsreparaturen kann sie richtig edel aussehen. Aber so schön das auch sein kann, für uns muss die Marge stimmen."

Anton Paul lehnte sich zurück, rülpste leise und ohne Hemmung und sah sich die Überreste seines Frühstücks an in der Hoffnung, vielleicht doch noch etwas Leckeres zu finden. Dann schob er den Teller von sich und stützte seine Arme mitten in das Schlachtfeld der überlebten Krümel.

„Jetzt noch einen Verdauungsschnaps und der Tag hat gut begonnen."

Ein Kellner stand schon bereit, um den Wunsch nach einem doppelten Jubiläums Aquavit aufzunehmen. Konrad Wenczowsky schüttelte sich innerlich bei dem Gedanken, um diese Zeit schon Schnaps trinken zu müssen, nickte aber dem Geschäftspartner aufmunternd zu.

„Fahren Sie denn heute mit dem Wagen oder mit dem Zug weiter?", fragte er.

„Wenn ich Besichtigungen mache, dann fahre ich grundsätzlich mit dem Zug und wohne in den Hotels direkt am Bahnhof, aber natürlich nur, wenn sie fünf Sterne haben. Sie wissen, wie viel ich im Laufe der Jahre in Deutschland unterwegs bin. Da habe ich im Zug Muße, die Unterlagen zu studieren, ein wenig zu schlafen oder auch zu essen. Die Zugrestaurants in den Intercity Zügen sind wirklich bequem und bieten zwischenzeitlich eine gute Qualität."

Das Frühstück schien mit dem Schnaps beendet zu sein und jetzt war Konrad Wenczowsky interessiert, einen ersten Anhaltspunkt über die Vertriebsüberlegungen von Anton Paul zu hören.

„Wenn ich meine Partner heute Nachmittag treffe, würde ich natürlich eine erste Idee haben, mit welchem Preis Sie sich die Vermarktung der sechsundneunzig Wohnungen vorstellen können. Denn dann können wir vielleicht schon morgen mit dem Verkäufer einen Vertrag entwickeln. Außerdem müssen wir mit unserer Bank über die Sanierungen sprechen und Banken nehmen sich ja heute viel Zeit, um Entscheidungen zu treffen. Aber das wissen Sie viel besser noch als wir!"

Konrad Wenczowsky blieb seiner Linie treu, seinen Geschäftspartner immer als den erfahrenen Fachmann im Bereich des Vertriebs darzustellen. Auch jetzt sah er, dass das zufriedene Grinsen auf dem Gesicht von Herrn Paul genau diese Selbstzufriedenheit widerspiegelte und war überzeugt, dass er gleich den Preis erfahren würde, den er in allen weiteren Überlegungen zugrunde legen konnte.

„Lassen Sie mich einen Moment nachdenken, Herr Wenczowsky."

Es entstand eine Pause, in der das Räderwerk der Gedanken im Kopf von Anton Paul immer schneller arbeitete. Die Fähigkeit der schnellen und präzisen Ermittlung eines Angebots und seine in vielen Jahren gewonnene Erfahrung des Vertriebsmarktes, die Stärke seiner Verkaufsmannschaft, das Wissen, wie stark er die eigene Gier nach Gewinnen einer realistischen Markteinschätzung unterordnen musste, gaben ihm eine große Entscheidungssicherheit.

„Ich meine, dass wir die Wohnungen mit einem Quadratmeterpreis von knapp unter 1.950 Euro anbieten können. Unter Berücksichtigung unserer Kosten im Verkauf müssen wir davon für die Anreize an die Käufer, also für die dem Käufer zur Verfügung zu stellenden Kaufnebenkosten und den Kick-back, mindestens 25 % rechnen, also etwa 500 Euro pro Quadratmeter und wir möchten auch etwas verdienen.

Ich glaube, dass wir für die ImRe Immobilie und Rente GmbH einen Verkaufspreis für die Anlage von 900 Euro pro Quadratmeter unterstellen können. Die Stellplätze lasse ich bei der Überlegung außen vor. Sie wollen ja auch nur einen Annäherungswert wissen. Also für 900 Euro pro Quadratmeter kann mein Angebot bei circa 5.800.000 Euro liegen. Rechnen müssen Sie jetzt."

Und das machte Konrad Wenczowsky in Windeseile im Kopf. Er und seine Partner hatten kalkuliert: Kaufpreis an die Genossen 2.580.000 Euro zuzüglich Sanierungskosten und eigener Aufwandsentschädigung 350.000 Euro, andere Kosten entfielen oder wurden von den Genossen übernommen: Kosten demnach insgesamt also 2.930.000 Euro. Bei dem von Herrn Paul angebotenen Verkaufserlös von 5.800.000 Euro bei einem Angebotspreis an die ImRe Immobilie und Rente GmbH von 900 Euro pro Quadratmeter, errechnete sich überschlägig für die ImRe Immobilie und Rente GmbH ein Bruttogewinn in Höhe von 2.875.000 Euro.

„Das ist nicht das, was wir uns vorstellen", antwortete Konrad Wenczowsky und versuchte seinem Gesicht einen angemessen enttäuschten Ausdruck zu verleihen. „Vielleicht rechnen Sie und ich noch einmal im Detail alles durch und schließen uns dann telefonisch kurz. Ich bin sicher, wir werden einen guten Mittelweg für jeden von uns finden."

Konrad Wenczowsky gab dem Kellner ein diskretes Zeichen und hatte wenige Augenblicke später die Rechnung in der Hand. Er wollte jetzt das Gespräch so schnell wie möglich beenden und auf gar keinen Fall mit dem Vertriebsprofi weiter verhandeln.

„Die Rechnung übernehme ich selbstverständlich. Vielen Dank für Ihre Zeit, Herr Paul. Heute ist Mittwoch. Darf ich Sie spätestens Freitag anrufen? Dann haben wir beide genug Zeit, noch einmal die Details zu überdenken. Vielleicht denken Sie auch noch einmal nach, ob die

Zeit bis zum Jahresende für Ihre Mannschaft ausreicht, alle, wirklich alle Wohneinheiten an den Mann zu bringen."

Im Aufstehen nahm Konrad Wenczowsky eine vorbereitete, aber bis jetzt zurückgehaltene farbig und aufwendig gestaltete Verkaufsmappe aus seiner Tasche und überreichte sie seinem Gesprächspartner.

„Hierin finden Sie noch einmal alle Details, Pläne, Baubeschreibung, Mietaufstellung und so weiter."

Ein kräftiger Händedruck und Herr Paul saß alleine am Tisch. Dieser nahm sich die Zeit, noch einmal über das Gespräch nachzudenken, und kam zu dem Schluss, dass er insgesamt ein hoch lukratives und anscheinend gut zu platzierendes Angebot erhalten hatte. Er wollte die Immobilie unbedingt für seinen Vertrieb haben, denn die Pluspunkte waren zu überzeugend gegenüber allen anderen Angeboten, die er zurzeit auf dem Tisch hatte. Das Jahresendgeschäft stand bevor und eine Entscheidung war vonnöten. Außerdem wusste er aus langjähriger Erfahrung, dass er mit der ImRe Immobilie und Renten GmbH bisher immer eine saubere Abwicklung erlebt hatte. Und Sicherheit und prompte Bezahlung waren auch für ihn überlebenswichtig, genauso wie Essen, Trinken, Frauen und Geldverdienen.

Es war genau der Tag, an dem Thomas Schmidbauer zum ersten Mal mit großem Schrecken merkte, dass in seinem Leben etwas grundsätzlich aus dem Ruder lief, aus seiner Kontrolle geriet. Sein fortwährendes Bestreben, mit dem Auftreten seiner Verwandten und den Freunden gleichzuziehen begann, ihn finanziell zu überfordern. Sein monatliches Einkommen reichte für den halben Monat. Er suchte nach einem Einkommen für die zweite Monatshälfte, am besten ohne persönlichen Zeitaufwand, denn seine Freizeit und sein Vergnügen waren ihm wichtig.

V

Thomas Schmidbauer hatte eine schöne, verwöhnte Jugend erleben können. Mit seiner Schwester Daniela, die zwei Jahre älter war als er, verbrachte er eine behütete Jugend, umhegt von fürsorglichen Eltern. Das Haus der Familie lag in dem kleinen Ort Büttgen-Vorst, einem Stadtteil von Kaarst, zwischen Düsseldorf, Krefeld, Neuss und Mönchengladbach gelegen, in seinen Kindheitstagen noch ein kleines, ruhiges Dorf abseits von Kaarst. Heute ist Büttgen-Vorst mit Kaarst zu einer Stadt zusammengewachsen. Er besuchte die Volksschule am Ort und später das Gymnasium in Kaarst, machte einen mittelmäßigen Abschluss der mittleren Reife und anschließend eine Lehre zum Einzelhandelskaufmann. Seine Hobbies waren das regionale Schützenwesen, in das er sich schon mit jungen Jahren beeinflusst von seinem Vater einbrachte und das Fußballspielen. Er spielte in der B-Jugend des örtlichen Vereins mit gutem Erfolg. Ein Schienbeinbruch beendete seine hoffnungsvolle Karriere, als er sechzehn Jahre alt und gerade auf dem Sprung war, von einem Regionalligaverein angeworben zu werden. Danach fand er mehr Zeit, sich den Mädchen zuzuwenden, was er mit großem Erfolg und noch größerer Ausdauer tat. Er erwarb sich den Ruf eines Schürzenjägers, worauf er durchaus stolz war. Sein Verhältnis zu seinen Eltern und seiner Schwester Daniela war immer herzlich und vertraut. Er ließ keine Familienfeier aus und fühlte sich in der Rolle des „Jüngsten" ausgesprochen wohl. Seine einzige Schwäche war schon immer sein großzügiges Verhältnis zum Geld. Er konnte nicht „Nein" sagen und versuchte, es allen Menschen recht zu machen. Er erfüllte jeden Wunsch, jeden Gefallen und half jedem, der ihn um etwas bat. Er wollte immer glänzen und beliebt sein und bemerkte dabei nicht, dass ihn seine Freunde und Freundinnen oft ausnutzten. Fast regelmäßig ging ihm viel zu früh während des Monats das Geld aus. Dann musste er sich bei seinen Eltern, bevorzugt bei seiner Mutter, die ihm keinen Wunsch abschlagen konnte, Überbrückungsgeld erbitten. Und es kam oft, fast regelmäßig vor, dass er die Rückzahlung vergaß. Und seine Mutter erinnerte ihn nicht daran. Ein wohlwollendes Übereinkommen, das Thomas Schmidbauer half und Mutter Schmidbauer stolz machte, weil sie sich gebraucht fühlte.

Nach Abschluss seiner Ausbildung rief ihn die Bundeswehr und er absolvierte fünfzehn Monate Wehrdienst als Soldat beim Heer. Er betrachtete diese Zeit als verloren, fügte sich aber so gut es ging. Als Obergefreiter beendete er die Zeit in Budel, Niederlande. Da er als Wehrpflichtiger in Holland stationiert war, erhielt er deutlich mehr Sold als seine Kameraden in Deutschland. Es war ihm aber trotzdem nichts übrig geblieben. Das Geld verflüchtigte sich für die Autofahrten nach Hause und das gemeinsame Feiern mit den Kameraden. Tatsächlich war er immer noch dauerhaft knapp bei Kasse und auf die liebevolle Unterstützung der Mutter angewiesen. Erst als er Sabine kennenlernte, eine hübsche Arzthelferin aus Kaarst, änderte sich dies ein wenig. Sabine nahm sich seiner Schwäche an, soweit ihr dies gelang. Jetzt war sie es, die ihm hin und wieder in einem kleinen überschaubaren Rahmen Geld lieh, auf dessen Rückzahlung sie aber am 1. jedes Monats, am Tag, wenn sein Gehalt auf dem Konto verbucht war, bestand. Dabei fiel ihr nicht auf, dass Thomas trotzdem seine erste Geldquelle, seine Mutter, für Notfälle nutzte.

Die beiden Verliebten waren ein allseits beliebtes Paar und lebten in einem gefestigten Umfeld mit festen Freunden, Mitgliedschaften im Fußballverein und Schützenwesen. Da beide in ihren Berufen Geld verdienten, konnten sie sich, solange sie noch getrennt bei den Eltern wohnten, Vieles leisten. Sabine sparte jeden Monat einen kleineren Betrag, der für die jährliche Urlaubsfahrt eingeplant war. Thomas versuchte zu sparen, was ihm allerdings gar nicht gelang. Sobald er einen kleinen Betrag auf dem Konto hatte, gab es auch schon etwas, was unbedingt gekauft werden musste. Eine neue Stereoanlage, ein Walkman, der neueste Fernseher, neue Hemden, Pullover, Anzüge oder Schuhe, dann ein neues Auto, eine etwas teurere Urlaubsreise, einen neuen Ring für Sabine und anderes. Dann wurden die mobilen Telefone angeboten, von denen Thomas natürlich als Erster eines haben musste, dann überschwemmten die Hersteller den Markt mit DVD-Geräten und der Möglichkeit, Kinofilme im Fernsehen anzusehen usw. Thomas gehörte immer zu den Ersten, die diese Entwicklung voller Begeisterung mitmachten. Man kann sagen, er folgte dem Zwang, den das Neue auf ihn ausübte, bedenkenlos und unüberlegt. Sabine löste ihn mehr als einmal aus einer finanziellen Schieflage aus. Sie wusste wirklich nicht, dass auch die Mutter ihm immer wieder einmal aushalf.

Beeinflusst von den neuen technischen Errungenschaften, dem Wunsch, genau wie seine Freunde alles zu haben, was neu und teuer war, suchte er in den Anschaffungen seine persönliche Anerkennung und Zufriedenheit. Er fand sie, aber immer nur für kurze Zeit. Obwohl er im Beruf sehr gut und sehr fleißig war und auch angemessen bezahlt wurde, wuchsen die Wünsche schneller als sein Einkommen. Er lernte früh, mit seinem Kreditinstitut über seine Wünsche und deren Erfüllung zu reden. Bald hatte er neben Sabine und seiner Mutter die örtliche Sparkasse, die ihn unterstützte. So konnte er sich auch größere Anschaffungen leisten, ein noch schöneres Auto leasen und schließlich auch Sabine einen Heiratsantrag machen, nachdem sie vier Jahre liiert waren. Die Hochzeit wurde im großen Rahmen zum überwiegenden Teil von Sabines Eltern bezahlt, im ersten Restaurant am Platz gefeiert. Mit achtundsiebzig geladenen Gästen hatten sie sich auf die wichtigsten Verwandten und Freunde beschränkt, die Stimmung war ausgezeichnet. Der Schützenverein gab der kirchlichen Zeremonie und dem anschließenden Sektempfang einen würdigen Rahmen und der Fußballverein rundete mit Konfetti und ausgelassenen Spielen diesen Teil des Tages ab. Am Abend traf sich die Familie mit den tatsächlich engsten Freunden und Verwandten zu einem fast schon intimen Kreis. Die Väter hielten obligatorische Hochzeitsreden, die Freunde gaben wohlgereimte Ratschläge für das Brautpaar und das Essen war tatsächlich vorzüglich. Sabine fragte nicht, wie teuer das Hochzeitsgeschenk war, ein großer, funkelnder Brillantring mit blauen Saphiren, den Thomas ihr nach dem Essen neben den goldenen Ehering an den Finger steckte. Wenn sie daran gedacht hätte, woher er wohl das Geld für das Geschenk hatte, so verdrängte sie den Gedanken. In den Jahren, in denen sie zusammen waren, hatte sie sich daran gewöhnt, die schönen Dinge gerne zu akzeptieren, anzunehmen und zu genießen. An schöne Dinge gewöhnt man sich wie selbstverständlich. Irgendwann hinterfragt man sie nicht mehr. Es wird zur Selbstverständlichkeit. Und auch Sabine hatte die Großzügigkeit unbewusst übernommen, sie kaufte sich immer häufiger neue, elegante Kleidung, Schuhe und Handtaschen, nur noch die teuren Lebensmittel der renommierten Marken, und die Sterne der Urlaubshotels stiegen mit den Jahren der Partnerschaft und der anschließenden Ehe. Kurz nach der Hochzeit wurde der Golf verkauft und ein gebrauchter Audi A 6 mit geringer Laufleistung auf Ratenzahlung erworben. Thomas und Sabine Schmidbauer waren angesehen, respektiert und in ihrem Freundeskreis als gleichwertig angesehen. Sie gehörten dazu. Sie hatten sich ihr Dazugehören erkauft, und die Gefahren der teuflischen Spirale, in die sie immer tiefer gerieten und mitgerissen wurden, bemerkten sie nicht. Sie fühlten sich rundum wohl.

Mutter Schmidbauer steuerte von der Rente, die sie und ihr Mann erhielten, immer wieder Geld bei und auch sie bemerkte nicht, dass sie den Sohn Thomas immer drastischer ihrer bescheidenen Tochter Daniela vorzog. Wenn Thomas 100 Euro erhielt, beließ sie es bei ihrer Tochter Daniela bei 20 Euro. Wenn er 2.000 Euro als Zuschuss für den Audi erbat und erhielt, musste Daniela mit dem alten Opel Corsa weiterfahren. Daniela wohnte in einer kleinen Zwei-Zimmer-Wohnung in der Nähe zum Krankenhaus, in dem sie arbeitete, alleine und bescheiden. Sie war hin und wieder durchaus neidisch, wenn sie mit dem wenigen, was sie als Krankenschwester im Krankenhaus verdiente, nicht auskam und streng haushalten musste, aber sie war zufrieden und sie machte keine Schulden, fragte auch nicht bei der Mutter um Unterstützung nach. Brauchte sie einmal wirklich mehr Geld, dann übernahm sie zusätzliche Nachtschichten. Traurig war sie nur darüber, dass sie bei der Auswahl eines Partners keine glückliche Hand hatte. Sie hatte einfach bisher Pech gehabt und hoffte, dass sich dies bald ändern würde. Daniela ließ sich dies aber nicht anmerken, weder bei ihren Freundinnen noch bei der Familie. Sie war immer die ruhige, freundliche, hilfsbereite Daniela, die alle mochten, aber tatsächlich kaum wahrnahmen. Sie stand immer im Schatten ihres kleinen Bruders, worauf sie natürlich auch stolz war, aber eben auch ein klein wenig neidisch, auch wenn sie nicht so sein wollte wie er.

Thomas Schmidbauer und seine Frau Sabine lebten ein sehr gutes Leben, sie hatten keine Bedenken, über ihre Verhältnisse zu leben und deutlich mehr Geld auszugeben, als sie einnahmen. In dieser Beziehung hatten sie im Laufe der Jahre ihren Bezug Realität verloren, das heißt, Thomas hatte ihn vor Jahren bereits gänzlich verloren, während Sabine sich nicht mehr dafür interessierte und auch nicht hinterfragte, woher das Geld für ihren Lebensunterhalt und die teuren Anschaffungen kam. Auch als Thomas sich entschloss, ein Reihenhaus in der neuen Siedlung in

Kaarst zu kaufen, fragte sie nicht nach dem Bezahlen, sondern freute sich über diese Entscheidung. Dabei war es wirklich so verlockend einfach, dass ein fest angestelltes Ehepaar, Doppelverdiener, auch mit nur einem sehr geringen Eigenkapitaleinsatz ein Haus kaufen konnten. Und die monatliche Belastung, die ihnen findige Verkäufer vorrechneten, war auf den ersten Blick wirklich nicht höher als die Miete, die sie für ihre Drei-Zimmer-Wohnung vorher bezahlten. Thomas und Sabine verstanden nicht, dass diese Berechnung alle möglichen Steuervorteile und Sonderkredite beinhaltete, die denkbar, aber nicht für jeden zu erhalten waren. Und die monatlichen Nebenkosten wurden in der Betrachtung außen vor gelassen, denn die mussten sie bei der Mietwohnung ja auch bezahlen, erläuterte der Verkäufer. Nur zu willig rechneten Thomas und Sabine auch die Eigenleistung aus dem Angebot heraus, da sie ja mit ihren Freunden Vieles selbst machen konnten und auch wollten: den Fußboden, die Malerarbeiten, den Garten, den Umzug, Elektriker- und Schreinerarbeiten.

Doch zuerst kündigte sich ein Kind an – nicht gewollt, aber trotzdem freudig akzeptiert. Leider verlief die Schwangerschaft nicht leicht und Sabine musste oft das Bett hüten und durfte sich auf keinen Fall anstrengen. Thomas stand mit vielen Eigenleistungen plötzlich alleine da. Und er stellte gleichzeitig fest, dass er zwar im Kaufpreis einigen Nachlass erhalten, aber das Material für seine Eigenleistung trotzdem seinen Preis hatte. Mit großem Engagement und der Hilfe von guten Freunden und seiner Mutter schaffte Thomas es, bis zur Geburt des Kindes die wichtigsten Arbeiten fertiggestellt zu haben. Sabine und eine niedliche und vor allem gesunde Isabella zogen aus dem Krankenhaus direkt in das neue Reihenhaus ein. Sie diskutierten in der Folgezeit häufig darüber, ob Sabine wieder arbeiten sollte, nachdem die Mutterschutzfrist abgelaufen war, aber sie entschlossen sich, dass sie für das Kind da sein sollte, wenigstens für die Zeit, bis der Kindergarten ihnen ein wenig Spielraum gäbe.

Thomas merkte sehr schnell, dass die finanzielle Situation sich von Monat zu Monat mehr verschlechterte. Sie schränkten ihren Lebenswandel zwangsläufig durch das Kind ein und sparten, wo immer es ihnen möglich war, aber das geringere Einkommen machte sich mehr als erwartet bemerkbar, zumal die Steuervorteile deutlich weniger positiv ausfielen, als es die Versprechungen des Hausverkäufers vorgegaukelt hatten. Thomas und Sabine beschlossen, die Steuervorteile auf der Steuerkarte nicht eintragen zu lassen. Wenn die Erstattung einmal im Jahr kommen sollte, wäre die Freude umso größer und sie hätten auf diese Weise immer das Geld für den Urlaub angespart. „Das nennt man ein Sparen im Nachhinein", erklärte Sabine diese Entscheidung voller Stolz. Leider erkannten sie nicht, dass dies eine Fehlkalkulation war. Die Haushaltsmittel waren so gering, dass sie die Steuerrückerstattung im Laufe des Jahres bereits für Zahlungen an Gläubiger versprochen hatten, bevor das laufende Jahr vorbei war. Mutter Schmidbauer half immer wieder aus, wenn das Geld für das Essen knapp wurde. Gerade als Sabine sich einen Job wenigstens für einige Stunden am Tag suchte, wurde sie mit Marko schwanger. Die Freude hierüber hielt sich in Grenzen. Es wurde nicht über eine mögliche Abtreibung gesprochen, aber Thomas und Sabine saßen oft stundenlang im Wohnzimmer und überlegten, was zu tun sei, um die finanzielle Situation zu verbessern. Verzweiflung machte sich breit.

Während eines solchen Gesprächs rief Daniela an und teilte Thomas unter Tränen und mit stockender Stimme mit, dass beide Eltern bei einem Verkehrsunfall tödlich verunglückt waren. Ein Autofahrer hatte die Kontrolle über sein Auto verloren und war ungebremst in ein Straßenbahnhäuschen gerast. Vier wartende Personen waren tot, viele verletzt. Welch Entsetzen! Für Daniela zerbrach eine heile Welt, zumal sie als Krankenschwester die Einlieferung ihrer schwerst verletzten Eltern direkt miterlebt hatte und völlig aufgelöst die eingeleiteten und letztlich vergeblichen Notmaßnahmen vor den Operationssälen wartend verfolgt hatte. Die Beerdigung fand im kleinen Rahmen auf dem örtlichen Friedhof statt. Die Eltern hatten ein Testament gemacht und ihren beiden Kindern ihr Vermögen zu gleichen Teilen vermacht. Es handelte sich um das kleine Häuschen mit dem großen Garten, eine ansehnliche Summe Geldes auf verschiedenen Konten, eine Sterbeversicherung und den Hausrat. Daniela trauerte wirklich um ihre Eltern. Die eigene finanzielle Notlage beendete die Trauerzeit für Thomas und Sabine schnell. Sie begannen, zu rechnen und zu überlegen, wie sehr ihnen die Erbschaft jetzt helfen könnte. Denn dass die Erbschaft zu einem denkbar günstigen Augenblick eintraf, war Thomas und Sabine sehr bewusst. Thomas errechnete schnell, dass ihm aus dem Erbe ein Wert von ca. 180.000 Euro zufließen könnte, wenn … ja, wenn Daniela mitspielen würde.

Er schlug ihr also wenige Tage nach der Beerdigung vor, dass sie das Elternhaus übernehmen sollte. Mit ihrem Teil am ererbten Bargeld konnte sie ihn auszahlen und den fehlenden Restbetrag würde ihr jede Bank finanzieren. Und die Belastung für die Finanzierung wäre auch nicht höher als die Miete für ihre winzige Zwei-Zimmer-Wohnung, die sie jetzt bewohnte. Und Thomas fügte überzogen großzügig hinzu, dass er von den Möbeln und der Einrichtung nichts haben wollte. „Das kannst du alles behalten!" Es dauerte einige Tage, bis Daniela sich mit einem ihrer besten Freunde und einem Mitarbeiter der örtlichen Bank ausführlich besprochen hatte. Dann stimmte sie zu. Sie übernahm Thomas' 50%igen Anteil am Haus für 120.000 Euro. Von dem ererbten Bargeld in Höhe von 95.000 Euro nahm sie 60.000 für die Anteilsübernahme und finanzierte 60.000 über die Bank, was sie monatlich 350 Euro kostete. Zuzüglich der monatlichen Nebenkosten für das Haus errechnete sie sich eine monatliche Gesamtbelastung in Höhe von 600 Euro. Das war tatsächlich wenig mehr, als sie bisher für ihre Zwei-Zimmer-Wohnung ausgab. Von dem verbliebenen Bargeld leistete sie sich einen neuen

Kleinwagen für einen Kaufpreis von unter 10.000 Euro. Den Rest legte sie auf ein Festgeldkonto an für eventuelle Renovierungen und Anschaffungen im Haus. Sie hatte gewisse Vorstellungen, aber auch genug Zeit, diese zu realisieren. Daniela war eine besonnene, vorsichtige Tochter.

Thomas hingegen hatte zum ersten Mal in seinem Leben viel Geld zur Hand. Aus dem Erbe seiner Eltern standen ihm unter Berücksichtigung des Arrangements mit seiner Schwester Daniela insgesamt 215.000 Euro zur Verfügung. Damit hätte er gut haushalten, eine langfristige Strategie entwickeln können, wenn er sich mit Fachleuten einmal ausführlich und zielorientiert beraten hätte. Aber Thomas sprach mit niemandem, auch nicht mit Sabine. Nach Ausgleich seiner Kontoüberziehung blieben noch knapp über 200.000 Euro übrig. Der erste Weg führte ihn zum Autoverkäufer. Ein neuer Audi musste her, ein 6-Zylinder-Kombi sollte es sein, mit allen Extras, die es gab. Damit waren die ersten 50.000 Euro ausgegeben. Sabine hatte sich schon immer eine Reise in die USA gewünscht. Vier Wochen Rundreise mit den Kindern war ein Vorhaben, das mit Unterkunft in den wirklich guten Hotels, einem Leihwagen der Oberklasse, Businesstarifen bei den Fluggesellschaften usw. 20.000 Euro verschlang. Es wurden unbedingt notwendige Kleinigkeiten angeschafft, eine elektronische Kamera und ein Fotoapparat, um die einmaligen Eindrücke festzuhalten sowie eine der Reise angepasste Kleidung bester Markenartikel. Geld war ja doch genug vorhanden, noch! Für sich selbst schaffte Thomas einen der besten Computer an, einen Laptop für unterwegs und eine Spielekonsole für zu Hause, um sich an Videospielen zu vergnügen. Und als Letztes entschieden sich Thomas und Sabine zur Anschaffung eines kleineren Zweitwagens für Sabine, da sie ja die Kinder zur Schule und zu den sonstigen Veranstaltungen fahren musste. Niemand, auch die besten Freunde sagten nicht, dass auch ein Auto reichen würde, wenn Sabine ihren Mann morgens zur Arbeit fahren oder

Thomas vielleicht die kurze Entfernung zum Buchladen mit einem Fahrrad überbrücken würde.

Nach sechs Monaten waren von dem ererbten Barvermögen unter Berücksichtigung der monatlich anfallenden festen Lebenshaltungskosten noch 100.000 Euro übrig. Und das war auch der Zeitpunkt, zu dem Thomas das Angebot erhielt, die Buchhandlung in Kaarst als Filialleiter zu übernehmen. Ein Buchverkäufer hatte ein gutes und seriöses Ansehen, ein Filialleiter genoss fast das Ansehen eines Bibliothekars, zumindest wenn Thomas Schmidbauer seinen Beruf beschrieb. Thomas Schmidbauer und Sabine waren rundum zufrieden, hatten eine gesunde Existenz, ausreichend Geld, genossen das Ansehen in ihrem Freundes- und Familienkreis und waren für zwei Jahre überaus glücklich und zufrieden. Aber sie hatten immer mehr den Kontakt zur Realität verloren. Mit dem Geld leisteten sie sich, was immer sie wollten. Sie verloren den Überblick über das, was da war und das, was Investitionen an Folgekosten nach sich zogen.

Das Highlight in diesen zwei Jahren war, dass Thomas Schmidbauer sich zum Zugkönig seines Schützenzugs aufstellen ließ. In dieser Zeit seiner Regentschaft zeigte er allen seinen Freunden, was er unter einem Zugkönig verstand. Einmal im Monat ein gemeinsames Abendessen mit Frauen im ersten Restaurant am Platz, im Sommer ein Gartenfest mit dem besten Buffet und einer Musikkapelle, im Frühjahr ein Mai-Ball in der Stadthalle von Kaarst mit einem zwar kleinen, aber ansehnlichen Bühnenprogramm. Zum Schützenfest selbst gab es einen aufwendig gestalteten Schützenorden und zum Abschluss seiner Regentschaft einen Ball im größten Hotel der Stadt. Thomas hatte sich mit dieser Regentschaft wirklich einen Namen gemacht. Die anderen Züge waren neidisch und gaben Thomas Schmidbauer hinter der Hand den Beinamen „Thomas, der Großkotz". Aber das interessierte ihn nicht und auch Sabine war glücklich über die Anerkennung, das Ansehen und die

Bekanntheit, die sie errungen hatten, mit Bildern in der regionalen Presse und Interviews für die regionalen Verkaufszeitungen der Stadt. Die insgesamt zehn Monate seiner Regentschaft kosteten Thomas alles in allem circa 40.000 Euro. Seine Vorgänger waren bisher mit nicht mehr als 12.000 Euro ausgekommen und alle waren sich einig, dass das Jahr des „Großkotz" ein einmaliger Ausrutscher gewesen sein musste, denn zu diesen Bedingungen fand sich niemand mehr bereit, Zugkönig zu werden.

Es vergingen vier weitere Jahre, in denen Thomas und Sabine keine finanziellen Sorgen hatten. Das Geld schrumpfte immer weiter zusammen und es kam der Tag, an dem Thomas sein Konto wieder überziehen musste. Er bekam einen Dispositionskredit in Höhe von 10.000 Euro und bei der Offenlegung und Zusammenstellung der Ein- und Ausnahmen der Familie Schmidbauer errechnete sich, dass den Eheleuten für die Lebenshaltung nur ein Betrag von 600 Euro pro Monat übrig blieb. Das andere Einkommen wurde von den laufenden Kosten aufgebraucht.

Sabine und Thomas setzten sich einen Abend zusammen und überlegten erstmals, wo sie Geld einsparen konnten. Aber die Mehrkosten, die heranwachsende Kinder zwangsläufig verursachten, der erreichte Lebensstandard, die nicht aufzulösenden Verpflichtungen und die eigenen Ansprüche, an die sich die Familie gewöhnt hatte, ließen tatsächlich nur minimale Einsparungen zu. Sabine und Thomas versprachen sich, dort zu sparen, wo es ging, und auf Anschaffungen in den nächsten Monaten und wahrscheinlich auch Jahren zu verzichten. Versprechungen sind das eine, die Lebenslust und das eigene Ansehen etwas ganz anderes. So wurden alle Bemühungen, die Kosten im Griff zu behalten, aus den Augen verloren und die Bonuszahlung für Thomas Schmidbauer für seine erfolgreiche Filialleitung im vergangenen Jahr bereits verplant, bevor deren Höhe feststand. Thomas und Sabine Schmidbauer mussten sich immer weiter einschränken. Sie reduzierten die Einladungen der

Freunde auf ein Minimum, sie gingen kaum noch mit Freunden zum Essen aus und in den nächsten Jahren waren sie sogar gezwungen, auf Urlaubsreisen zu verzichten. Sie sagten Einladungen zu Geburtstagsfeiern ab, weil sie das Geschenk sparen wollten. Und je mehr sie sparen mussten, umso schlimmer wurden die gegenseitigen Vorwürfe, die sich Thomas und Sabine machten. Die beiden Kinder, in dem schwierigen vorpubertären und pubertären Alter schlossen sich dann in ihren Zimmern ein und hofften, dass die endlosen, lauten Diskussionen schnell zu Ende gingen.

Es kam letztlich so weit, dass Thomas seinen Chef fragte, ob er in seiner Position als erfolgreicher Filialleiter des Buchgeschäftes nicht einen Firmenwagen erhalten könnte, was nach langen Gesprächen auch tatsächlich genehmigt wurde. So konnte er seinen teuer geleasten Audi bei Vertragsauslauf zurückgeben und gab sich mit einem VW Polo zufrieden, der auch noch wie eine fahrbare Litfaßsäule mit Werbung für den Buchladen beschriftet war. Aber dies konnte er noch als Anerkennung seiner Leistung bei seinen Freunden und der Familie darstellen, zumindest war er davon überzeugt. Er vermied es, sich mit der Wahrheit anzufreunden, dass alle in seinem Umfeld über seine Situation Bescheid wussten. Und es war sein Schwager Willi, der ihm bei einer der Geburtstage im Familienkreis in angetrunkenem Zustand die Wahrheit sagte.

„Erst warst du der ‚Großkotz‘, der alle freihielt und angab wie zehn nackte Pinscher. Da haben alle über dich gelacht, aber gut auf deine Kosten gelebt. Dann wurde aus dem ‚Großkotz‘ ein ‚armer Schlucker‘ und alle haben gehofft, dass du sie nicht anpumpst. Und alle waren schadenfroh, dass dein Maul gestopft war. Guck, dass du deine Finanzen in den Griff bekommst, sonst bleibt dir eines Tages nur die private Insolvenz. Aber das hat den Vorteil, dass du wieder bei Null anfangen kannst. Und du bist noch jung genug für einen Neuanfang."

Diese Worte hatten ihn verletzt. An diesem Abend schwor sich Thomas Schmidbauer, dass er es allen zeigen werde. Er würde es schaffen und seine verlorene Anerkennung wiedererlangen.

In den folgenden Wochen überlegte Thomas lange, was er tun und machen konnte, um aus seiner Misere herauszukommen. Es gingen ihm wirklich verrückte Gedanken durch den Kopf. Und er schämte sich nicht einmal dafür, dass er an kriminelle Lösungen dachte. Ein Überfall in seinem Buchladen, ein Banküberfall, Betrug an Kunden, Geldleihen mit der Absicht, es nicht zurückzuzahlen und Vieles mehr. Er verwarf diese Ideen. So viel Ehre war ihm doch noch geblieben. Dann begannen die Schreiben der Bank, der Hypothekenbank und der Versicherungsgesellschaften ihn zu nerven. Fast jeden Tag erhielt er eine Mahnung über ausstehende Gelder, die Versicherungen mahnten Beiträge an und der Strom war fällig, Öl für die Heizung musste bestellt werden, was er zwangsläufig soweit es möglich war hinauszögerte. Sabine versuchte, für den Lebensunterhalt eine wenigstens stundenweise Anstellung zu finden, wollte sich etwas Neues zum Anziehen kaufen und auch die Kinder mit modernen Klamotten in die Schule schicken. Aber es gab nichts. Thomas konnte ihr nichts geben und für Sabine entwickelte sich Thomas zum Schuldigen.

Dann fiel Thomas eine Anzeige ins Auge, die Käufern einer gebrauchten Eigentumswohnung eine Barzahlung versprach. Nach anfänglichem Zögern entschloss sich Thomas, den Anbieter anzurufen. Es war eine Mobilnummer angegeben, was ihn verwunderte. Als er jedoch einen Kontakt hergestellt hatte, meldete sich eine Immobilienvertriebsfirma Paul und Paul. Eine angenehm tiefe Stimme fragte ihn nach seinem Wunsch.

„Ich habe Ihre Anzeige gelesen und habe Interesse, mehr über das Angebot zu erfahren. Wie kann ich mit dem Kauf einer Eigentumswohnung Geld verdienen?", fragte er.

„Nicht nur das, Herr Schmidbauer, nein, Sie schaffen sich sogar eine zusätzliche Absicherung für Ihren Lebensabend für die Zeit, wenn Sie Ihr Berufsleben vollendet haben. Und das ganz legal, sogar mit staatlicher Unterstützung und jeder Menge Steuerersparnis. Herr Schmidbauer, es ist richtig, dass Sie mich angerufen haben. Von wo aus rufen Sie an?"

Thomas Schmidbauer war plötzlich überzeugt, dass er eine Lösung für seine Probleme gefunden hatte. Die Dollarzeichen in seinen Augen erwachten. Zum ersten Mal seit Monaten sah er Licht am Horizont seiner Finanzen. Schnell vereinbarte Thomas Schmidbauer mit Herrn Paul junior einen persönlichen Termin in Düsseldorf, wo Timo Paul in wenigen Tagen zufällig zu Besuch war. Sie verabredeten sich im Foyer des Interconti-Hotels in Düsseldorf auf der Königsallee.

Jetzt schaffe ich die Lösung, und alle werden staunen. Ich bin wieder wer. Thomas Schmidbauer sah bereits, wie er wieder seine Verpflichtungen erfüllen konnte und sein Ansehen zurückgewann. Er übersah, dass jeder Euro, den er bekommen würde, nicht nur zurückgezahlt werden musste, sondern seine Gesamtschulden erhöhte und zusätzlich Zinsen kostete. Was er aber überhaupt nicht erkannte, war die Gefahr, dass Immobilien von der Zuverlässigkeit der eingehenden Mietzahlungen und der Bonität der Mieter abhängig waren. Ganz unberücksichtigt blieb auch die Einschätzung der Lage der Immobilie. Den Grundsatz, dass die Lage einer Immobilie von größter Bedeutung für eine Investitionsentscheidung ist und immer war, kannte Thomas Schmidbauer nicht. Genauso wenig wie die alte Weisheit, dass man seinen Grundbesitz ‚immer von der Kirchturmspitze seines Wohnortes aus sehen muss'.

Thomas Schmidbauer sah nur die vorgespielten Vorteile und auch nur das, was er in seiner Situation als Rettung sehen wollte. Er sah Bargeld, das ihm möglicherweise zur Verfügung stand und das ihm aus der augenblicklichen Misere heraushelfen konnte.

VI

Paul junior war auf der Durchreise und der Termin mit Thomas Schmidbauer bot sich idealerweise in Düsseldorf an. Er übernachtete im Hotel Interconti auf der Königsallee in Düsseldorf, sehr gutes Hotel in bester Lage mit vorzüglichen Übernachtungskonditionen. Als Stammgast erhielt er immer ein Upgrade und somit ein Zwei-Zimmer-Apartment in den oberen Geschossen. Er genoss hier internationales Flair, internationale Gäste aus aller Welt werteten sein Ego auf. Außerdem genoss er ähnlich wie sein Vater den vorbildlichen Service und das Essen. Und genau damit konnte er seine Gesprächspartner, die er immer wieder im Foyer begrüßte, stark beeinflussen. Er hatte gelernt, dass ein elegantes Ambiente die Verkäufe erleichtert und Kunden schneller beeindruckte als ein Büro. Die Vertriebsfirma, die er mit seinem Vater führte, hatte daher kein eigenes Büro, sondern verhandelte ausschließlich bundesweit nur an First-Class-Adressen.

Paul junior hatte wie sein Vater eine muskulöse Gestalt, aufgrund seiner jungen Jahre war sein Körper sportlich trainiert und wirkte nicht aufgeschwemmt wie bei seinem Vater. Trotz seiner zweiunddreißig Jahre sah er wie ein überdimensionaler Junge aus, dessen braune Augen vertrauenserweckend und treuherzig die Gesprächspartner für sich einnehmen konnten. Er hatte kurz geschnittene, dunkelbraune Haare, eine schlanke Nase und schmale Lippen. Auffällig waren nur die abstehenden Ohren. Da er stets gut gekleidet mit Anzug, Hemd und immer passender Krawatte war, wirkte er wie der Inbegriff eines erfolgreichen jungen Unternehmers. Thomas Schmidbauer fasste bereits beim Kennenlernen

Vertrauen zu dem großen Mann vor sich, der ihn mit einem freundlichen Lachen und einem kräftigen Händedruck begrüßte. Die beiden bestellten schon nach wenigen Minuten Kännchen Kaffee und waren schnell in ein sehr persönliches Gespräch eingetaucht über Autos im Allgemeinen und das Schützenwesen im Besonderen. Denn nicht nur Thomas Schmidbauer hatte sich dieser Tradition verschrieben, sondern auch Paul jun. war seit Kindesbeinen im Verein seiner Heimatstadt aktives Schützenmitglied. Fast eine Stunde tauschten sie sich aus und Thomas Schmidbauer hatte das Gefühl, einen Freund getroffen zu haben. Paul junior beherrschte die Feinheiten der Verkaufsgespräche, die Schaffung vertrauensvoller Atmosphäre in Perfektion und vor allem verstand er sich bestens darauf, Gesprächspartner auszufragen. So erfuhr er, wie es um Thomas Schmidbauer stand, dass er eine zwar intakte, aber unter dem chronischen Geldmangel leidende Familie hatte. Er erkannte auch sehr schnell, dass sein Gesprächspartner großes Geltungsbewusstsein hatte und Minderwertigkeitsgefühle gegenüber seinen beruflich erfolgreicheren Verwandten und Freunden entwickelt hatte. Alle diese Informationen registrierte er und ermittelte bereits in Gedanken eine Verkaufsstrategie.

„Wie viel Geld benötigen Sie denn?", war dann die entscheidende Frage an Thomas Schmidbauer.

Der lehnte sich erschrocken über die Direktheit der Frage, die ihn ohne eine Vorankündigung traf, in seinem Sessel zurück.

„Ja, Herr Schmidbauer, wir haben uns doch getroffen, weil Sie unser Angebot kennenlernen wollen, wie Sie durch den Kauf von Immobilien nicht nur etwas für Ihre Rente tun können, sondern sich auch Kapital beschaffen können. Und das, ohne dass Sie dafür etwas zahlen müssen, denn der Staat hilft Ihnen durch Steuervorteile, ein kleines Vermögen aufzubauen. Und ich bin Ihr Vermittler bei dieser seriösen und zukunftsorientierten Vermögensbildung. Also, Herr Schmidbauer, heraus mit der Sprache, wie viel Geld benötigen Sie? Erst wenn ich das weiß, kann ich errechnen, wie ich Ihnen helfen kann."

„Ja, also, ich brauche schon etwas, weil in den letzten Jahren durch die Kosten, die heranwachsende Kinder zwangsläufig mit sich bringen, und die gestiegenen Lebenshaltungskosten, die ja schneller gestiegen sind als mein Gehalt und weil ja auch meine Frau nicht arbeitet, sondern sich ganz um die Kinder und den Haushalt kümmert …"

„Ja, Herr Schmidbauer, wem sagen Sie das, ich kenne das. Das ist bei mir dasselbe. Ich habe zwar keine Ehefrau und noch keine Kinder, aber ich habe eine Freundin und die, glauben Sie mir, ist noch teurer als eine Ehefrau." Paul junior lachte jovial und nahm einen weiteren Schluck Kaffee.

Thomas Schmidbauer überschlug seine finanzielle Situation zum tausendsten Mal. Er kam immer wieder auf die gleiche Summe, die ihm zurzeit fehlte. Aber diese Summe glich nur das aus, was in den letzten Monaten und Jahren angewachsen war und nicht das, was in den nächsten Monaten und Jahren hinzukommen würde. Er war verunsichert und zögerte, den Betrag zu nennen. Aber er musste Farbe bekennen.

„Ich habe überschlagen, dass ich mindestens 40.000 Euro bar benötige. Ist denn ein solcher Betrag überhaupt durch diese Art ihrer Vermögensbildung zu erreichen?"

Seine Unsicherheit war ihm deutlich anzumerken.

„Aber überhaupt kein Problem. Lassen Sie mich Ihre Angaben aufnehmen und Sie bekommen in den nächsten Tagen von mir ein Angebot. Da wir mit vielen Kreditinstituten in Deutschland erfolgreich und schon seit vielen Jahren zusammenarbeiten, werde ich Ihnen dann vielleicht auch schon eine Finanzierungszusage mitliefern. Und dann brauchen Sie nur noch zu unterschreiben und erhalten wenige Wochen später bereits das Geld von mir. Also, fangen wir einmal an!"

Paul junior nahm einen vorgedruckten Fragebogen aus seiner

Kollegmappe und einen goldenen Füller mit seinen eingeprägten Initialen und begann mit seinen Fragen. Thomas Schmidbauer beantwortete alles ordnungsgemäß und mit erkennbar sinkenden Hemmungen. Er war sicher, dass er einen Vertrauten gefunden hatte, der seine Probleme kannte und lösen konnte. Alle persönlichen Dinge waren schnell abgefragt. Zu seinem Einkommen konnte Thomas Schmidbauer mündliche Angaben machen, die Beträge der monatlichen Verpflichtungen hatte er fast alle im Kopf. Die noch notwendigen Unterlagen musste er schnellstmöglich zusammenstellen und Herrn Paul junior zusenden. Denn ohne diese Unterlagen konnte die Beantragung nicht erfolgen.

„Es ist also in Ihrem Interesse, die Dokumentationen so schnell wie es geht an meine Anschrift zu senden, damit ich weiter an Ihrem Antrag arbeiten kann. Meine Visitenkarte mit meiner Anschrift gebe ich Ihnen gleich."

Paul junior lehnte sich in seinem Sessel zurück, winkte die junge, attraktive Kellnerin herbei und bestellte noch zwei Kännchen Kaffee. Dann dachte er erkennbar intensiv nach und Thomas Schmidbauer störte ihn nicht.

„Wenn ich Ihre Angaben überschlage, ist es das Beste, Sie erwerben aus unserer exklusiven, vollständig sanierten Wohnanlage in Wuppertal eine ganze Etage, das heißt, vier Eigentumswohnungen mit je circa fünfundsiebzig Quadratmeter. Die Mieten und die über Ihre Steuererklärung zu erwartenden Steuerrückerstattungen decken mit Sicherheit die Zinsen. Und wir stellen Ihnen nicht nur das von der Bank von Ihnen erwartete Eigenkapital zur Verfügung, sondern pro Wohnung zusätzlich 10.000 Euro zu Ihrer freien Verfügung. Damit sollten Ihre Probleme aus der Welt sein und vor allem, Herr Schmidbauer, Sie haben durch den Kauf der vier Eigentumswohnungen langfristig Einnahmen und eine zusätzliche Absicherung für Ihr Alter. Wenn die Belastungen für die Wohnungen dann erledigt sind, stehen Ihnen die Mieten als zusätzliche

Rente Ihr Leben lang zur Verfügung und das Vermögen können Sie dann an Ihre beiden Kinder vererben. Ist das nicht ein tolles Angebot?"

Paul junior lehnte sich strahlend zurück und erwartete die begeisterte Zustimmung von Thomas Schmidbauer. Ein zufriedenes Lächeln erschien auf dem jugendlichen Gesicht von Paul junior. Er hörte förmlich die Zentnerlast von Thomas Schmidbauers Herz fallen und er sah deutlich das hoffnungsfrohe Aufglimmen in den Augen seines Gesprächspartners. Es schien, als wäre dessen Problem gelöst. Paul junior und Thomas Schmidbauer gingen zufrieden auseinander. Der eine, weil er sicher war, die finanzielle Notsituation, in der er seit vielen Monaten steckte, gelöst zu haben, der andere, weil er sicher war, einen guten Umsatz für sein Unternehmen gemacht zu haben. Während der eine glaubte, einen freundlichen Helfer gefunden zu haben, der sich seines ganz privaten Problems angenommen hatte, freute sich der andere, dass er die Notlage eines Menschen zu seinen Gunsten ausnutzen konnte.

In den nächsten Stunden bereitete Thomas Schmidbauer die erforderlichen Unterlagen für die Beantragung auf und schickte sie noch am gleichen Tag an die Anschrift von Paul junior. Er wollte keine Zeit verlieren. Und schon nach wenigen Tagen erhielt er ein ausführliches Angebot mit einem sehr schönen Hochglanzprospekt, tollen Formulierungen und Fotos, allgemeinen Analysen und Versprechungen. Das Eindrucksvollste war jedoch ein Sachverständigengutachten über den Wert der Wohnungen, das alle im Hinterkopf von Thomas Schmidbauer möglicherweise noch vorhandenen Zweifel beiseite fegte. Die beigefügte, auf seine Belange abgestellte Berechnung sah fast genau so aus, wie Paul junior sie bereits im Kopf bei ihrem Treffen skizziert hatte: Kauf von vier Eigentumswohnungen in der Wohnanlage in Wuppertal, genau eine Etage in einem der sechs Häuser. Bei fünfundsiebzig Quadratmetern pro Wohnung waren das insgesamt dreihundert Quadratmeter zu einem

Kaufpreis von 1.950 Euro pro Quadratmeter zzgl. 5.000 Euro pro Stellplatz, Kaufpreis demnach 605.000 Euro. Die Bank verlangte 10 % Eigenkapital, was 60.500 Euro entspricht. Es ist demnach eine Fremdfinanzierung von 544.500 Euro notwendig, die bei einem Zinssatz von 5 %, für fünf Jahre festgeschrieben, 27.225 Euro pro Jahr oder 2.268 Euro pro Monat kostet – ohne Tilgungsanteil. Dieser Belastung standen monatliche Mieteinnahmen von 6,50 Euro pro Quadratmeter inklusive der Stellplatzmieten also insgesamt 1.950 Euro für die vier Wohnungen gegenüber. Die Differenz zu den aktuellen Mieteinnahmen von 3,80 Euro pro Quadratmeter sollte von einem sogenannten gewerblichen Zwischenvermieter erbracht werden, der sich vertraglich verpflichtete, die Mieteinnahmen pro Monat mit einem Betrag in Höhe von insgesamt 810 Euro für die vier Eigentumswohnungen zu subventionieren. Dann folgten Seiten über die steuerlichen Vorteile, die ein Immobilienbesitzer im Jahr erzielte, mit vielen Musterberechnungen, die vor allem sehr ausführlich und für ungeübte Leser sehr unübersichtlich waren. Das Ergebnis der Beispiele war jedes Mal das Gleiche: Zum Schluss errechnete sich für Thomas Schmidbauer kein eigener Aufwand für den Erwerb der Wohnungen. Vor allem wurde noch einmal mit fetten Buchstaben hervorgehoben: Der erforderliche Eigenkapitalnachweis für die finanzierende Bank von insgesamt 10 % oder 60.500 Euro für den Erwerb der vier Eigentumswohnungen war in dem Angebot enthalten. In einem unabhängig vom Angebot verfassten Schreiben bestätigte die Firma Paul und Paul, dass Thomas Schmidbauer nach Kaufvertragsunterschrift und Finanzierungsbestätigung durch die Bank eine weitere, sogenannte Rückerstattung für durchzuführende Mängelbeseitigung erhalten wird. Und für Thomas Schmidbauer waren diese 40.000 Euro überaus bedeutsam, ja im Augenblick überlebenswichtig. Thomas Schmidbauer glaubte tatsächlich, dass er diese 40.000 Euro ohne Gegenleistung erhielt.

Als Ergänzung des Angebots empfahl das Büro Paul und Paul noch, eine Lebensversicherung abzuschließen, die die Rückzahlung des Darlehens nach dreißig Jahren sicherstellen würde, sozusagen als Tilgungsersatz. Für den Fall, dass der Kreditnehmer das Ende der Tilgungsdauer nicht erleben würde, aber Wert darauf legte, seinen Erben einen „geordneten Haushalt" zu überlassen, hätte diese Art der Tilgungsvereinbarung große Vorteile gegenüber einer normalen 1-prozentigen Tilgung. Krönung des Angebots aber war, dass Paul junior in seinem persönlichen Anschreiben mitteilte, dass er sich mit einer Bank bereits über die Finanzierung geeinigt hätte und ihm eine mündliche Zusage vorläge. Dem Kauf der vier Eigentumswohnungen in der Wohnanlage in Wuppertal stand also für Thomas Schmidbauer nichts mehr entgegen. Seine Begeisterung war ihm deutlich anzusehen. Er las das Angebot mehrfach und erkannte keinen Haken. Er wollte aber dieses so freundliche Angebot nicht mit anderen besprechen. Zum einen sollte niemand von seinem Problem wissen und zum anderen wollten dann vielleicht seine Freunde und Verwandten auch so ein günstiges Angebot haben. Thomas Schmidbauer wollte der Einzige sein und bleiben. Er war davon überzeugt, dass er endlich einmal Glück hatte und wollte dieses Gefühl nicht mit anderen teilen. In seiner Euphorie und seiner Notlage, die ein objektives und realistisches Denken erschwerte, wenn nicht sogar unmöglich machte, war er sicher, ein hochseriöses, tolles Angebot zu haben, unterzeichnete noch am gleichen Tag die Verträge und schickte sie per Kurier zurück. So hatte er keine Gelegenheit zu erkennen, dass einige sehr wichtige Fragen offenblieben. Die Tilgung war nicht berücksichtigt worden, weil sie als normale Altersvorsorge oder als Ansparvorgang betrachtet wurde, die Nebenkosten für die Wohnungen waren ebenfalls ohne Ansatz geblieben. Ob die unterstellten Steuererstattungen tatsächlich auf Thomas Schmidbauer zutrafen, hatte er auch nicht überprüft. Hierzu hätte es auch der Hilfe eines Steuerberaters bedurft. Und um die Bonität der Vertriebsgesellschaft Paul und Paul zu überprüfen und insbesondere die Rolle des gewerblichen Zwischenvermieters zu durchschauen, fehlten Thomas Schmidbauer die Sachkenntnisse und das Verständnis für finanzielle Zusammenhänge in Finanzierungsfragen und die Neutralität der Anschauung. An die Zahlungsfähigkeit und Zahlungswilligkeit der Mieter sowie die Nachhaltigkeit der auf 6,50 Euro pro Quadratmeter angehobenen monatlichen Mieten verschwendete er erst recht keinen Gedanken.

Er konnte nicht wissen, dass Paul und Paul nicht nur an der Vermittlung der Eigentumswohnungen viel Geld verdienten, sondern auch an der Vermittlung der Finanzierungen durch Kreditinstitute, dem Abschluss von Lebensversicherungen und letztlich auch noch an der Hausverwaltung, die sie über einen Strohmann abwickelten. Aber das wirkliche Risiko des Kaufs war die Rolle des gewerblichen Zwischenvermieters, der ausschließlich aus Gründen der Täuschung der Erwerber zwischengeschaltet worden war, ohne die Absicht, dass er tatsächlich die Mietdifferenzen über einen längeren Zeitraum ausgleichen wollte. Aber das wirkliche Risiko des Kaufs bestand in der Rolle des gewerblichen Zwischenvermieters. Dieser war ausschließlich bestellt worden, um die Käufer zu täuschen, und hatte nicht die Absicht, die Mietdifferenzen tatsächlich über einen längeren Zeitraum auszugleichen. Vielmehr sah die Planung vor, dass der gewerbliche Zwischenvermieter nach den ersten zwölf Monaten Konkurs anmeldete, nachdem das von Paul und Paul bereitgestellte Geld für die Differenzzahlungen zwischen versprochenen Mieten und tatsächlichen Mietzahlungen verbraucht sein würde. Und spätestens zu diesem Zeitpunkt zerbrach die Kalkulation, auf die Thomas Schmidbauer seine ganze Hoffnung begründete. Paul und Paul setzten als gewerblichen Zwischenvermieter auch noch ihnen verpflichtete Bekannte ein, die für ein geringes Entgelt arbeiteten. Die für die Zwischenvermietung angesetzten und von den Erwerbern zu zahlenden monatlichen Aufwendungen flossen natürlich auch in die Kasse der Vertriebsgesellschaft.

Paul junior genehmigte sich, nachdem er die unterschriebenen Verträge erhalten hatte, einen großen Cognac. Alleine in seinem Büro, ein schlichter Raum unter dem Dach seines Einfamilienhauses bei Stuttgart, überschlug er im Kopf den Profit, den ihm Thomas Schmidbauer einbringen würde. Während der zwei Stunden Verhandlung mit dem Kunden in Düsseldorf hatte er einschließlich der Vermittlungsprovisionen ungefähr 100.000 Euro verdient. Einzig die Vermittlungsprovision, die er an den Bankmitarbeiter weiterleiten musste, der die Baufinanzierung für Thomas Schmidbauer genehmigt hatte, musste er noch von seinem Gewinn in Abzug bringen. Aber das war gut investiertes Geld, denn Bankmitarbeiter zu finden, die Baufinanzierungen genehmigen durften und auch willig waren, ein oder zwei Augen zuzudrücken und Risiken großzügig zu bewerten, gab es zwar, aber es wurden in den letzten Jahren immer weniger. Also musste er die, die noch ein aktives Geschäft begleiteten, gut, das heißt mit auskömmlicher Provision versorgen. Paul junior war mit dem Ergebnis zufrieden. Als Nächstes stand ein Besuch bei der ImRe Immobilie und Rente GmbH in Düsseldorf an. Der Verkauf der Wohnungen in Wuppertal lief nun fünf Wochen und sein Vater hatte ihm mitgeteilt, dass von den sechsundneunzig Wohnungen in Wuppertal bereits dreiunddreißig platziert waren, davon schon zweiundzwanzig tatsächlich notariell beurkundet. Das Jahr schien erfolgreich zu Ende zu gehen und wenn er alleine seine noch offenen Termine überdachte, dann sollte die vollständige Platzierung kurzfristig möglich sein. Denn erst seitdem die Prospekte fertiggestellt und die Sanierungsmaßnahmen an der Wohnanlage abgeschlossen waren, hatte die ganze Vertriebsmannschaft, die für Paul und Paul bundesweit tätig war, sowie weitere fünfundvierzig freiberufliche Vermittler mit dem Abverkauf der Wohnungen in ganz Deutschland beginnen können.

VII

Das Treffen mit der ImRe Immobilie und Rente GmbH fand wenige Tage später in Düsseldorf statt – dieses Mal im Parkhotel. Gut laufende Geschäfte ermöglichten allerbestes Ambiente. Dieses Mal waren Vater und Sohn Paul gemeinsam angereist. Sie hatten sich einen Wagen samt Chauffeur in Stuttgart gemietet und die Anfahrt im Fonds der langen BMW-Limousine genutzt, um die verschiedenen Verkaufsaktivitäten, die zum Jahresende ja bekanntlich immer besonders intensiv und zeitgebunden waren, zu besprechen. Außerdem wollten sie noch zwei andere Unternehmen im Ruhrgebiet besuchen und dafür nutzten sie die Flexibilität des Autos.

Als sie im Parkhotel vorfuhren, wurden sie noch nicht erwartet. Vielmehr erreichte sie fast gleichzeitig ein Anruf, dass die Geschäftsführung der ImRe Immobilie und Rente GmbH sich verspätete, weil einer der beiden Gesellschafter noch in einem Meeting gebunden war. Das war eine Situation, die insbesondere den Senior Paul ärgerte. Er war es nicht gewohnt, zu warten, schon eher, andere warten zu lassen. Sein Erfolg und seine Umsatzstärke haben ihn in den dreißig Jahren seiner selbstständigen Vertriebstätigkeit selbstbewusst und auch arrogant werden lassen. Und er konnte dies die Geschäftspartner auch deutlich fühlen lassen. Nach außen ruhig und freundlich, kochte er immer stärker, je länger die Wartezeit war. Als er eine Stunde mit drei Tassen Kaffee und einem Cognac verbracht hatte, stand er auf.

„Komm, wir gehen!", sagte er zu seinem Sohn. Der kannte die Situation, arbeitete er doch schon lange genug mit seinem Vater.

Sie verließen das Hotel, nachdem sie an der Rezeption die Nachricht hinterlassen hatten, dass sie dringend abreisen mussten, und fuhren zu ihrem nächsten Termin nach Dortmund. Während der Fahrt besprachen sie die Sachverhalte, die es dort im Büro eines großen Bauträgers zu besprechen gab, eines Geschäftspartners, der Neubauwohnungen in sehr guter Lage und bester Ausstattung citynah errichtete. Hiermit bediente Paul und Paul die Klientel junger, gut situierter Familien. Das zweite Standbein der Vertriebsgesellschaft, hoch seriös aber auch mit deutlich geringeren Provisionen und mit einer Kundschaft, die anspruchsvoll war und auch arbeitsintensiv.

Die ImRe Immobilie und Rente GmbH meldete sich den ganzen Tag nicht und die Laune von Anton Paul wurde immer schlechter, obwohl die Besprechung hinsichtlich der modernen Wohnanlage in Dortmund und die Verkaufszahlen durchaus sehr erfreulich waren, wenn auch die Gewinnmargen sich auf 7 % beschränkten plus möglicher Vermittlungsprovisionen für Bankfinanzierung, Lebensversicherungsabschlüsse oder Bausparverträge und andere Dienstleistungen.

Abends während des Essens besprachen Vater und Sohn die Ergebnisse und vor allem das unverständliche Verhalten der ImRe Immobilie und Rente GmbH und es war Paul junior, der seinen Vater letztlich davon überzeugte, dass trotz allem ein Anruf im Büro in Düsseldorf am nächsten Morgen notwendig sei.

„Wir sind im Vertrieb sehr gut gestartet und wir finden keine andere Wohnanlage zum Jahresende, die wir unseren Vertriebspartnern alternativ anbieten können. Ich rufe Wenczowsky morgen früh an und mache einen neuen Termin. Revanchieren können wir uns im nächsten Jahr, wenn wir nicht für die ImRe platzieren."

Anton Paul war letztlich einverstanden und gab seinem Sohn recht, auch wenn er sich weiter massiv ärgerte. Diese arroganten Lümmel aus Düsseldorf würden schon sehen, dass man ihn nicht so behandeln konnte. Er sann nach Rache und beruhigte sich mit zwei weiteren Gläsern teuren Cognacs.

Ein neuer Termin war für den nächsten Tag um zwölf Uhr gefunden, gleicher Ort in Düsseldorf mit der Zusage, dass man pünktlich wäre. Auf ein Wort der Entschuldigung wartete Timo Paul allerdings vergeblich. Die Begrüßung im Parkhotel Düsseldorf gestaltete sich dementsprechend kühl und erkennbar reserviert. Das Gespräch kam auch nur schleppend in Gang, zumal Konrad Wenczowsky auch noch seinen Gesellschafter entschuldigte, der wiederum später kommen würde.

„Aber wir können schon mit unserer Besprechung beginnen", fügte er kleinlaut an, denn auch er war normalerweise ein Freund der Pünktlichkeit und Zuverlässigkeit und mit dem Verhalten seines Gesellschafters nicht einverstanden.

Paul senior zeigte auf, wie erfolgreich der Vertrieb nach nur wenigen Wochen bereits verkauft hatte, welche Verhandlungen kurz vor dem Abschluss standen und zu guter Letzt, dass er sicher wäre, bis Anfang Dezember alle Wohnungen aus der Wohnanlage in Wuppertal, für die er die Platzierungsverpflichtung übernommen hatte, verkauft zu haben. Diese Ausführungen schilderte er deshalb so detailliert, weil er bei der seinerzeit abschließenden Vertragsverhandlung über die Konditionen zwischen den beiden Häusern letztendlich zugestanden hatte, dass er einen Abgabepreis in Höhe von 1.050 Euro an die ImRe Immobilie und Rente GmbH pro Quadratmeter zahlen würde, also 150 Euro mehr als ursprünglich kalkuliert. Diesen Preis hatte er allerdings nur akzeptiert, weil ihm Konrad Wenczowsky zugesagt hatte, für den Fall, dass alle Wohnungen bis zum Jahresende notariell verkauft wären, eine einmalige Erfolgsprovision, eine Art Sonderbonus von 400.000 Euro zu zahlen. Er war überzeugt, dass dies möglich wäre.

Konrad Wenczowsky zeigte sich beeindruckt von den Ausführungen, wenn auch schon vorher sicher war, dass der Vertriebspartner, mit dem ja nun schon seit langen Jahren Geschäftsverbindung bestand, seine Zusage einhalten würde. Dennoch haben sich die Zeiten für die Platzierung von sogenannten Geldanlage-Immobilien in den letzten Jahren deutlich erschwert. Zu viel haben Fachleute und Zeitungen, Rundfunk und Fernsehen auf die dubiose Rolle der gewerblichen Zwischenvermieter hingewiesen, zu sehr ist auf die Skrupellosigkeit der Immobiliengesellschaften verwiesen worden und die unglaublichen Margen, die diese in ganz kurzer Zeit verdienten, die kriminelle Energie, die Vertriebsgesellschaften entwickelten, um mit Bargeld und Versprechungen Kunden, denen das Wasser aus verschiedenen Gründen bereits bis zum Hals stand, zum Kauf von Wohnungen zu animieren. Diese Art von Geschäftsvermittlung war Betrug und wurde auch immer klarer als solcher beschrieben.

Wie aus dem Nichts trat Walter Großkreuz an den Tisch. Mit jugendlichem Schwung und schnellen Schritten stand er in seinem dunkelblauen, eleganten Anzug da, lachte die Gesprächspartner freundlich an und begrüßte jeden mit Handschlag. Der Servicekraft rief er laut zu, dass ihm ein Kännchen Kaffee jetzt guttun würde und noch ehe er sich in dem Sessel niederließ, warf er einen Blick auf die anderen Gäste in dem Foyer und sorgte dafür, dass ihn jeder zur Kenntnis genommen hatte. Welch ein Auftritt, welch eine Selbstsicherheit, welche Arroganz. Walter Großkreuz entschuldigte sich natürlich auch nicht für seine Verspätung und auch nicht für den ausgefallenen Termin am Vortag.

„Ich habe bis zwölf Uhr Zeit, meine Herren, denn dann ruft mich die Pflicht in mein Büro zurück. Haben Sie schon Gelegenheit gehabt, die Verkaufserfolge der Firma Paul und Paul zu besprechen und entsprechend zu würdigen?", fragte er seinen Geschäftsführer Wenczowsky.

Er erhielt einen kurzen, präzisen Überblick über den aktuellen Vertriebsstand, den Paul senior gerade zuvor dargelegt hatte.

„Da müssen Sie sich aber noch anstrengen, um den Verkauf bis

Jahresende abgewickelt zu haben, meine Herren", war die eher pessimistische Kenntnisnahme seitens Walter Großkreuz, mit der er die beiden Herren Paul abfertigte. „Wir haben in kürzester Zeit die Sanierung und Renovierung, die Aufarbeitung der Mietrückstände und die Verschönerung der Außenanlage geschafft. Ich kann doch wohl davon ausgehen, dass Sie den Verkauf der Wohnungen in dem von Ihnen genannten Zeitraum schaffen, nicht wahr, meine Herren? Ich erinnere mich, dass Konrad Wenczowsky doch eine Motivation für einen rechtzeitigen bis Jahresende abgewickelten Verkauf ausgehandelt hat. Das ist doch ein starker Anreiz für Sie!"

Paul junior wäre am liebsten aufgestanden und hätte die Besprechung beendet, doch sein Vater, durch seine längere Berufserfahrung abgeklärter und im Umgang mit schwierigen Kunden geübter, lachte jovial.

„Selbstverständlich schaffen wir das, Sie kennen unsere Leistungsfähigkeit und genau deshalb arbeiten wir ja auch schon so lange zusammen. Wir halten unser Wort genau wie Sie. Aber gerade weil wir uns kennen und unsere Leistungen einzuschätzen wissen, sollten Sie nicht von Sanierung und Renovierung der Wohnungen reden, sondern von optischen Verschönerungen, die Sie durchgeführt haben."

„Richtig, Herr Paul, aber für Ihre Klientel ist das doch auch völlig ausreichend. Haben Sie denn eine Bank gefunden, die das gesamte Objekt, also die sechsundneunzig Wohnungen allein stemmen will?"

„Nein, wir haben zwei Kreditinstitute, eine regionale Sparkasse und eine überregionale Hypothekenbank aus Baden-Württemberg und eine Bausparkasse, die je ein Drittel der Wohnungen finanzieren. Die letzten Jahre haben uns ja gezeigt, dass Kreditgeber gerne noch einen oder mehr andere Finanziers bei einer Wohnanlage dieser Größe im Boot haben. Geteiltes Risiko ist kleineres Risiko. Dazu kommt, dass unser Name in der Branche sehr gut ist und wir immer noch von unseren Banken gerne empfangen werden." Paul senior führte die Unterredung auf das Niveau eines normalen Arbeitsgesprächs zurück, indem er versuchte, jede offensive Aggression aus seiner Formulierung herauszulassen.

Es war die typische Gesprächseröffnung des Walter Großkreuz; die anderen Teilnehmer aggressiv in die Defensive bringen, sich damit Respekt verschaffen und letztlich seine dominierende Stellung in dem anschließenden Gespräch zu untermauern. Aber Paul senior war zu lange im Geschäft und er hatte schon zu viel auch unangenehme Situationen erlebt. Er kannte alle Tricks.

„Gibt es denn tatsächlich noch genug Kunden, die so versessen auf eine Bargeldanweisung sind, dass sie sich solche Wohnungen ans Bein hängen lassen? Wissen die nicht, was passiert oder interessiert die das nicht?", wollte Konrad Wenczowsky wissen.

„Es gibt sie noch. Es sind nicht mehr so viele wie früher und die Kreditinstitute haben auch die Kreditbedingungen, Konditionen und Bonitätsansprüche erhöht. Aber mit sehr gut aufgearbeiteten Unterlagen, einem guten Namen als Vertrieb, langjährigen persönlichen Kontakten zu den Sachbearbeitern", hierbei machte Paul Senior das Zeichen für Geld, indem er Daumen und Zeigefinger aneinander rieb und verschwörend lachte, „und mit einer Eigenkapitalquote, auch wenn es nur 10 % des Kaufpreises sind, finden sich noch immer Bausparkassen, Sparkassen, Banken und Hypothekenbanken, die in die Finanzierung einsteigen. Die Mitarbeiter müssen ja auch ihre Planvorgaben erfüllen. Und bevor die Baufinanzierung nach zwei bis drei Jahren platzt, haben die Mitarbeiter schon einen anderen, meist höheren Posten im Hause oder bei der Konkurrenz erreicht."

Walter Großkreuz nickte und war erkennbar zufrieden.„Wenn alle ihr Geld verdienen, sind auch alle zufrieden. Und was nach mir kommt, ist mir wirklich egal. Können Sie, Herr Paul, denn mit dem Risiko leben, dass Banken oder andere Institute irgendwann auf Sie zukommen und Sie mit in die Haftung nehmen wollen, wenn in einer Wohnanlage mehrere Kunden relativ zeitgleich nicht mehr bezahlen können?"

„Keine Sorge, dagegen haben wir uns abgesichert. Die Barzahlungen für das notwendige Eigenkapital und die Barvergütung an die Erwerber sind als Erstattung für nach dem Kaufvertrag aufgetretene Mängel deklariert. Und darüber gibt es dann Vermerke und Notizen und auch die Zahlungen sind entsprechend deklariert. Dass unsere Vertriebsgesellschaft Geld verdienen will und wir die Vertriebspartner bezahlen müssen, ist selbstverständliche und kapitalistische Gepflogenheit. Und ob die Wertgutachten von den Kreditinstituten akzeptiert werden und die Sachbearbeiter die internen Vorschriften beachten, kann uns nicht angelastet werden. Die Erfahrung meines Lebens zeigt mir, dass es immer wieder Geschäftspartner gibt, die gerne ihren eigenen Vorteil sehen. Und ist dieser hoch genug, dann laufen die Geschäfte wie geschmiert, zumindest für eine gewisse Zeit."

Zufriedenheit breitete sich am Tisch aus. Alle griffen zum Kaffee und genossen die Vorfreude auf ein gutes Jahresendgeschäft. Und keiner der seriös aussehenden Männer dachte auch nur einen Moment an die Käufer der Eigentumswohnungen und die Schicksale, die sich hinter deren Erwerb derselben verbargen. Was hatte Walter Großkreuz noch zuletzt bei einem Mitarbeitertreffen der ImRe Immobilie und Rente GmbH lachend erzählt? „Für unseren Erfolg ist jeder Kunde mit Problemen herzlich willkommen. Je schlechter es ihm geht, umso erfolgreicher ist unser Geschäft. Also trinken wir, meine Herren, auf viele vom Schicksal geplagte Neukunden in diesem Jahr, die unsere Portemonnaies vollmachen!"

Wirklich gelacht hatte über diese Bemerkung niemand in der Runde, aber jeder fühlte sich veranlasst, ein zustimmendes Lächeln in Richtung des Gesellschafters zu richten. Vielleicht hatte sich der eine oder andere auch geschämt, aber gesagt und gezeigt hatte es keiner. Wer widerspricht schon demjenigen, der die Rechnung zahlt!

VIII

Thomas Schmidbauer war erst hoch zufrieden, aber die Wartezeit bis zur Auszahlung des Geldes ließ diese Hochstimmung immer weiter zusammensinken. Dabei lief alles seinen geordneten Weg. Nachdem er die Kreditverträge unterschrieben hatte, fand zwei Wochen später der notarielle Kaufvertrag statt. Der Notar in Düsseldorf hatte direkt darauf hingewiesen, dass die Abwicklung mit allen Details noch sechs bis acht Wochen dauern könnte. Trotzdem, weil die Geldnot da war, schmerzte jeder Tag. Seine schwankende Laune fiel natürlich auch der Familie auf. Sabine Schmidbauer hielt sich mit unangenehmen Fragen zurück, die Kinder gingen ihrem Vater, soweit es möglich war, aus dem Weg. Wünsche, die mit Geld verbunden waren, kamen nicht zur Sprache. Im Buchladen vermieden die Mitarbeiter jede direkte Ansprache an Thomas Schmidbauer, was er ihnen leicht machte, weil er sich entgegen seiner früheren Art fast ausschließlich in dem kleinen, unaufgeräumten Büro im Hintergrund aufhielt. Seine früher vorbildliche Kundenbezogenheit, die zu seiner großen Akzeptanz bei den Kunden geführt hatte, ließ er fast ganz vermissen. Und wenn nicht das Weihnachtsgeschäft bereits erste Umsätze generiert hätte, die Umsätze wären zweifelsohne rückläufig gewesen. Seine sportlichen Aktivitäten ließen nach, sein Körpergewicht stieg langsam, aber erkennbar. Seine Freunde riefen immer häufiger an, um ihn zum Mitspielen bei den regelmäßigen Fußballspielen zu animieren, erfolglos. Auch dem Schützenwesen widmete er nicht mehr das frühere Engagement. Alleine zum wöchentlichen Stammtisch ging er noch, war aber ungewohnt still und introvertiert, ganz das Gegenteil zu früheren Treffen, bei denen er nur allzu gerne das große Wort geführt hatte. Keiner seiner Schützenkollegen sprach ihn auf diese erkennbaren Veränderungen an. Jeder machte sich seine Gedanken, seine finanzielle Notlage war nach wenigen Wochen trotz aller Bemühungen bei allen bekannt und Gesprächsthema Nummer eins, wenn Thomas Schmidbauer nicht anwesend war. Alle Mahnungen und Anschreiben allerdings beantwortete Thomas Schmidbauer jetzt wieder ordnungsgemäß oder aber er rief bei den Absendern an und erklärte in großer Offenheit seine augenblickliche Situation. Er konnte ja darauf verweisen, dass er in den nächsten Tagen, Wochen einen größeren Geldbetrag erwartete, der ausreichte, die offenen Verpflichtungen zu erledigen. Allerdings reduzierte sich die Restsumme, die er für die nächsten Monate zur freien Verwendung errechnet hatte, durch die laufende Verzögerung. Aber darüber machte er sich jetzt noch keine Gedanken. Er war über jeden Tag froh, an dem er abends im Bett lag und die Situation noch im Griff hatte. Nur sein Schlaf wurde schlecht und schlechter, teilweise fand er nur für wenige Stunden Ruhe und lag den größten Teil der Nächte wach und gedankenbelastet im Bett. Nach solchen Nächten war er bereits morgens schlecht gelaunt, aggressiv und unberechenbar. Sabine weckte die Kinder für die Schule, machte die Butterbrote fertig und legte sich dann wieder ins Bett, um Thomas nicht zu begegnen. Erst wenn er das Haus verlassen hatte, stand sie auf, duschte und genoss die Zeit alleine im Haus.

Sabine hatte niemanden, mit dem sie die stressige Situation und die Ungewissheit besprechen konnte. Sie wollte ihren Mann nicht bloßstellen, nicht über die verfahrene Situation ihrer Ehe sprechen und die Geldsorgen dürften schon gar nicht bekannt werden. Der Schein nach außen musste unter allen Umständen gewahrt bleiben. So war sie erzogen. Gute Miene zu bösem Spiel. Und doch war ihnen bewusst, dass alle Freunde, Bekannten und Verwandten genau wussten, dass Thomas und sie ein Problem lösen mussten. Um Geld zu sparen, kaufte Sabine nur noch bei Discountern ein, die Speisekarte wurde immer überschaubarer und das Essen wiederholte sich häufig. Kartoffeln und Gemüse der Saison waren angesagt, Fleisch gab es nur einmal die Woche. Zum Anziehen hatte sie für sich und die Kinder schon seit Monaten nichts mehr gekauft. Sie ging nicht mehr in die Stadt zum Bummeln und Geschäfte besuchen, die regelmäßigen Treffen mit Freundinnen im angesagten Bistro der Stadt waren ebenso gestrichen wie die regelmäßigen Besuche beim Friseur und der Maniküre. Sabine fing an, depressiv zu werden. Die Verantwortung für die Kinder und ihre Aufgabe als Ehefrau und Mutter hielten sie aufrecht. Immer noch hoffte sie, dass Thomas sich mit ihr aussprach, damit sie verstand, welche Probleme ihn so sehr belasteten. Die Hoffnung stirbt zuletzt, war der Satz, den sie sich immer wieder vorsagte. Daran wollte sie glauben.

Es war eine schlimme Zeit, in der die mentale und körperliche Spannung jeden Tag stärker und unerträglicher wurde. Was am schlimmsten war, diese Spannung übertrug sich auf die Kinder. Die schulischen Leistungen wurden schlechter. Die Freunde und Schulkameraden kannten wenig Nachsicht und fragten direkt nach den Dingen, die in der Familie so mühevoll überspielt und überhaupt nicht offen diskutiert wurden. „Stimmt es, dass ihr Geldsorgen habt?" oder „Ist dein Vater pleite?" oder „Ist dein Vater arbeitslos?" Die Fragen verletzten Isabella und Marko, sie waren gereizt und oft genug gingen sie von den Freunden weg und weinten, wenn sie sich unbeobachtet fühlten. Alle im Umfeld der Familie wussten, dass irgendetwas nicht stimmte und alle vermuteten, dass Geldsorgen das Leben über die Maßen beanspruchte und beeinflusste. Und alle Familienmitglieder und Freunde hofften, dass sie nur ja nicht von Thomas oder seiner Frau angesprochen würden. Alleine aus diesem Unbehagen heraus gingen auch sie gemeinsamen Feiern und Familienfesten gerne aus dem Weg, wenn Thomas und Sabine ihr

Kommen angekündigt hatten. In diesen Wochen isolierte sich die Familie immer weiter und fand nicht die Möglichkeit, sich miteinander auszutauschen. Thomas schämte sich, da er der Familie nicht mehr das Leben bieten konnte, was er ihr bisher überaus großzügig ermöglicht hatte, Sabine traute sich nicht, Thomas offen anzusprechen und ihre Hilfe anzubieten, und die Kinder erfuhren außer Schweigen und Sich-aus-dem Weg-Gehen keine Erklärung.

Dann endlich erreichte Thomas der Anruf von Paul senior. Alle Voraussetzungen waren erfüllt, die Umschreibung für die Wohnungen war erfolgt, die Grundschulden eingetragen, die Bank hatte die Zahlungen für den Kaufpreis veranlasst und sobald auf dem Konto der Vertriebsgesellschaft Paul und Paul die Vermittlungsprovision eingegangen wäre, würde der abgesprochene Betrag von 40.000 Euro taggleich auf das Konto von Thomas Schmidbauer angewiesen. Thomas fragte noch drei Mal nach, ob er die Nachricht auch richtig verstanden hatte. Dann fiel alle Spannung von ihm ab. Er legte auf, lehnte sich in seinem Bürostuhl zurück und schloss die Augen. Ein glückliches Lächeln zog langsam über sein Gesicht und mit seinem linken Arm schlug er leise, um nur ja nicht andere auf sein Glück aufmerksam zu machen, auf die Sessellehne. Dann atmete er tief durch. Einmal, zweimal, dreimal. Jetzt war ein Ende der Wartezeit erreicht, jetzt konnte er sein Leben neu ordnen, was er sich felsenfest vorgenommen hatte. Um etwas zu tun, stand er auf und verließ das kleine Büro im Buchladen und ging durch das Geschäft, guckte hier und da nach dem Rechten, lächelte die beiden Mitarbeiterinnen an und stellte einige Bücher, die aus der strengen Ordnung der Einreihung herausgerutscht waren, wieder an die richtige Position. Dann öffnete er die Tür, ging vor den Laden und atmete erneut tief durch. Er nickte Passanten, die vorbeigingen, freundlich zu. Es war wie vor Jahren, als er seine Arbeit in dem Buchgeschäft begonnen hatte. Es war wie früher und es sollte genau so bleiben. Das schwor er sich.

Wieder an seinem Schreibtisch nahm er den Hörer ab und rief Sabine an. Marko meldete sich.

„Hallo Marko, wie geht es, Schule schon aus?", fragte Thomas.

Sein Sohn zögerte mit der Antwort, weil er nicht wusste, wie die Frage gemeint war. „Ja, schon aus. Jetzt muss ich Hausarbeiten machen!"

„Prima. Kannst du mir Mama mal bitte geben?"

Als Marko den Hörer an seine Mutter weiterreichte, machte er ein verunsichertes Gesicht. „Es ist Papa, aber der ist so freundlich", flüsterte er seiner Mutter zu.

Sabine zögerte einen Moment, doch sie nahm selbstverständlich das Gespräch an. „Hallo Thomas, was gibt's?"

„Hallo Schätzchen. Ist alles gut zu Hause?"

Diese Frage hatte Thomas das letzte Mal vor drei oder vier Jahren gestellt. Und damals war Sabine jedes Mal froh, dass ihr Mann so regen Anteil an ihrem und dem Leben ihrer Kinder nahm. Da hatte sie ganz andere Erzählungen von ihren Freundinnen gehört, deren Männer sich überhaupt nicht um das Leben ihrer Frauen und schon gar nicht um das ihrer Kinder kümmerten. Nein, da hatte sie es viel besser und empfand das Verständnis ihres Thomas' als Geschenk. Und heute hörte sie nach langer Zeit wieder diese Frage. Ihr Herz begann stärker zu schlagen und ein angenehm warmes Glücksgefühl durchlief sie.

„Ja, alles okay! Die Kinder erledigen Hausaufgaben und ich koche für heute Abend."

„Lass das Kochen, wir gehen heute Abend alle zusammen essen. Ich werde einen Tisch bei Dino bestellen. Ich bin um neunzehn Uhr zu Hause. Schafft ihr das bis dahin?"

„Ja", antwortete Sabine zögernd, sie wusste nicht, ob sie zu der Einladung etwas sagen sollte, denn aufgrund der finanziellen Situation war ein Essen für vier Personen überhaupt nicht zu verantworten. Aber sie hielt die Frage zurück.

„Super! Und … Schätzchen, zieh dir etwas Schönes an! Bis nachher!"

Sabine war völlig aus dem Häuschen. Sie dachte nach, was passiert sein konnte. Hatte Thomas eine Gehaltserhöhung bekommen und eine bessere Position im Geschäft? Im Lotto konnte er nicht gewonnen haben, denn er spielte nicht. Was war passiert? Sie hielt den Hörer noch in der Hand und grübelte nach. Ihr Gesichtsausdruck war aber so, dass Marko sie irritiert ansah und sich fragte, was denn der Vater gesagt hatte. So zufrieden, ja glücklich hatte er seine Mutter seit Jahren nicht gesehen. Und als Isabella wenig später in die Küche kam und ihre Mutter immer noch mit dem Hörer dort stehen sah, fragte sie: „Mutti, was ist passiert, warum strahlst du so?"

„Wir gehen heute Abend alle zu Dino essen. Papa hat gerade angerufen!"

Alle schwiegen und dachten über diese unerwartete Einladung nach. Jeder machte sich Gedanken und viele Vermutungen gingen ihnen durch den Kopf. Dann nahm jeder von ihnen wieder seine unterbrochene Tätigkeit auf. Sabine, Isabella und Marko hatten alle ein sehr gutes Gefühl in sich, das plötzlich alle Probleme der vergangenen Monate übertönte. Alles wird gut, alles ist wieder gut. Die Vorfreude auf einen gemeinsamen Abend ohne Streit in sehr netter Atmosphäre im italienischen Restaurant ließ ihre Herzen schneller schlagen. Sie hatten so lange keine Pizza und Pasta gegessen. Das Wasser lief ihnen im Mund zusammen. Die Familie verbrachte einen wirklich schönen, ausgelassenen Abend in Dinos Restaurant. Sie aßen gut zu Abend und saßen anschließend noch eine Stunde im Wohnzimmer zusammen. So viel hatte Thomas schon seit vielen Monaten nicht mehr gesprochen. Er scherzte, machte Witze, erzählte aus dem Buchladen, berichtete über die Neuerscheinungen und versprach Marko, die neuesten, wiederaufgelegten Tibor-Heftchen, gezeichnete Geschichten mit starken Helden, mitzubringen. Sabine versprach er neue Kleidung und Isabella einen

Trainingsanzug für ihren Sport. Niemand fragte, was genau passiert war, alle wollten sich den Zauber der Veränderung erhalten. Selbst Sabine kam in dieser Nacht zu einer Wiederauffrischung längst vergessener Gefühle, was sie unendlich auskostete und absolut genoss. Kurz vor dem Einschlafen erfuhr Sabine, worauf sie so lange gewartet und inständig gehofft hatte.

„Jetzt sind unsere Probleme gelöst, wir werden unsere laufenden Schulden zurückzahlen und werden ab jetzt ein gutes Leben führen." Thomas Schmidbauer drehte sich um und war schnell und sehr zufrieden eingeschlafen, während Sabine einige Tränen lang über die neue Situation nachdachte und sich nichts sehnlicher wünschte, als dass seine Aussage Wahrheit würde.

Richtig war, dass die augenblicklich angelaufenen Schulden bezahlt und die Rückstände erledigt werden konnten. Richtig war auch, dass Thomas Schmidbauer noch einige Tausend Euro übrig behielt für die nächsten Monate. Aber das nur unter der Voraussetzung, dass die Familie sich weiter streng einschränkte. Keine neuen Anschaffungen, keine neuen Schulden, keine Verzögerung bei den regelmäßig wiederkehrenden Zahlungen. Aber Thomas dachte in seiner nur zu verständlichen Freude an diesem Abend nicht weiter an die Zukunft, sondern nur an den sehnlich erwarteten Geldeingang von 40.000 Euro. Weitere Gedanken wollte und konnte er sich nicht machen. Nicht an diesem Abend.

IX

Der elegante ältere Herr hieß Wolf-Peter Drescher. Er war einundfünfzig Jahre alt und in seinen früheren Jahren ein sehr erfolgreicher Architekt in einem der innovativen Büros für Stadtplanung in Düsseldorf. Sein Ruf als Schürzenjäger eilte ihm voraus, und obwohl er viele Frauen unglücklich gemacht hatte, war ihm keine böse. So etwas gab es. Wolf-Peter Drescher war überall beliebt, er kannte keine Feinde, er hatte nach wie vor beruflich und privat große Erfolge und verdiente, zwischenzeitlich als Partner in dem Planungsunternehmen, mehr Geld, als er normalerweise ausgeben konnte. Wenn da nicht seine Spielsucht gewesen wäre. Er schaffte es, in wenigen Stunden 30.000 Euro beim Roulette in einer Spielbank zu verlieren und trotzdem mit Würde aufzustehen und den Spieltisch zu verlassen. Bei einem Pokerspiel zu früher Morgenstunde verspielte er seinen Porsche Turbo. Vor knapp zwei Jahren verlor er an einen kleinen, schmierigen und fettleibigen Einzelhändler während einer privaten Spielrunde seine Eigentumswohnung in bester Lage von Düsseldorf, im Hafen, der In-Gegend der Stadt. Er nahm auch dies mit Würde. „Es ist nur Materielles, was ich verliere", pflegte er zu sagen und suchte eine der vergangenen Frauen auf, die ihn gerne und mit Freude immer mal wieder vorübergehend aufnahmen und wieder aufbauten. Sein Laster war nicht vielen bekannt. Sein seriöses Auftreten verlieh ihm Ansehen und Vertrauen. Er war der Grandseigneur und als solcher überall geachtet. Vor allem hatte er bei Kreditinstituten und Hypothekenbanken einen erstklassigen Ruf. Die von ihm im Auftrag dieser Institutionen ermittelten Wertgutachten wurden vollinhaltlich akzeptiert. Die Ergebnisse wurden nicht in Zweifel gezogen. Und das über viele Jahre. Sein Wort und seine Feststellungen wurden blind akzeptiert. Ein solcher Ruf sprach sich in der Immobilienbranche ganz schnell herum. Und irgendwann erreichte er auch die Herren Paul und Paul, die gerade auf der Suche nach einem neuen Gutachter waren, der die für den Vertrieb aufgearbeiteten Immobilienangebote seriös bewerten konnte. Die Empfehlung kam von Walter Großkreuz, der in einem Telefonat auf Wolf-Peter Drescher aufmerksam machte.

Timo Paul und Wolf-Peter Drescher trafen sich, tranken den obligatorischen Kaffee im Foyer eines der ortsansässigen teuren Hotels und entwickelten schnell Sympathie zueinander. Paul junior erzählte, dass er den Namen Drescher von einer Hypothekenbank aus Stuttgart erfahren hatte. Die dort vorliegenden Wertgutachten wurden hoch geschätzt und Wolf-Peter Drescher genoss seit wenigen Jahren einen vorzüglichen Ruf. Da Paul und Paul auch regelmäßig Wertgutachten benötigten, um für ihre Kunden eine Finanzierung vorzubereiten, lautete der Zweck des Treffens: „Können Sie, Herr Drescher, für uns tätig werden, exklusiv und bundesweit?"

Zuerst zierte sich Wolf-Peter Drescher, aber er erkannte schnell, dass sich hier eine Quelle öffnete, die ihm für wenig Aufwand viel Geld in die Hände spielte. Und er verstand zwischen den Worten sehr genau, dass Timo Paul sehr freundliche Bewertungen wichtig waren. Er war zu lange im Geschäft und kannte alle Tricks der Branche. Er gab nicht sofort eine Zusage, sondern bat seinen Gesprächspartner, ihm ein Muster einer Immobilie zur Verfügung zu stellen, für die ein Wertgutachten erforderlich sei. Dann wollte er sich an die Berechnung geben und entscheiden, ob eine Zusammenarbeit denkbar wäre. Aber Wolf-Peter Drescher wusste bereits, dass er das Angebot nicht ausschlagen würde, denn er benötigte zusätzliches Geld, um seinen letzten Spielverlust wieder auszugleichen. Denn zu lange konnte er nicht in einer Suite eines Luxushotels in der Düsseldorfer Innenstadt leben. Irgendwann würde er wieder eine neue, eigene Wohnung brauchen. So wurde die Wohnanlage in Wuppertal, die die Vertriebsgesellschaft Paul und Paul im Auftrag der ImRe Immobilie und Rente GmbH platzieren konnte, das erste gemeinsame Geschäft mit Wolf-Peter Drescher.

Wolf-Peter Drescher besichtigte die Wohnanlage, sah die Renovierung mit strengen Augen an, prüfte auch die Wohnungen von innen, indem er sich bei einigen Mietern auf Vorankündigung durch die ImRe Immobilie und Rente GmbH Eintritt erbat, und berechnete für jede Wohnung einen Verkehrswert, der noch über den zwischen den Vertragspartnern ausgehandelten Kauf- bzw. Verkaufspreisen lag: 2.170 Euro pro Quadratmeter. Und mit diesen Wertangaben konnten Paul und Paul mit ruhigem Gewissen zu den Finanzierungsinstituten gehen und eine Finanzierung für die Erwerber auf der Kaufpreisbasis von 1.950 Euro/Quadratmeter beantragen. Ja, es bedeutete, dass sie die Verkaufspreise auf den von Wolf-Peter Drescher festgelegten Wert erhöhten und sich ersparten, aus ihrer eigenen Provision heraus den von den Banken geforderten Eigenkapitalnachweis pro Enderwerber von 10 % beizusteuern. Der Vorteil dieser Wertermittlung lag ausschließlich aufseiten von Paul und Paul. Sie hatten keine Schwierigkeiten, die Finanzierungen für die Kunden zu bekommen und Wolf-Peter Drescher erhielt für jedes Wertgutachten einen Pauschalbetrag in Höhe von 3.000 Euro, was einer Gesamtsumme bei sechsundneunzig Eigentumswohnungen von 288.000 Euro entsprach. Und der Arbeitsaufwand für die Wertgutachten betrug nicht mehr als einen Arbeitstag, weil sich die Angaben immer wiederholten. Leichter konnte niemand Geld verdienen. Schneller konnte Wolf-Peter Drescher sein finanzielles Desaster nicht beenden, auch wenn er seinen seriösen Ruf so langsam verspielte.

Aus diesem ersten Geschäft entwickelte sich in den nächsten Monaten eine weitere, sehr lukrative Zusammenarbeit für alle Seiten. Und schnell hatten Paul und Paul ihren neuen Geschäftspartner auch bei anderen Bauträgern, auch seriösen, wie dem in Dortmund, untergebracht. Und die Marktpräsenz von Wolf-Peter Drescher wuchs schnell und sehr umsatzorientiert. Nach nur einem Jahr besaß Wolf-Peter Drescher wieder ein Penthaus in bester Lage von Düsseldorf, bar bezahlt und sehr elegant eingerichtet. Paul und Paul waren häufig zu privaten Treffen dort eingeladen und insbesondere Herr Großkreuz und sein Partner Müller intensivierten eine bisher eher flüchtige Bekanntschaft mit Wolf-Peter Drescher. Wohlgemerkt eine Bekanntschaft, keine Freundschaft, denn bei aller Zuneigung waren die finanziellen Aspekte dieser geschäftlichen Verbindung immer im Vordergrund, auf allen Seiten. Aber man verstand sich, man traf sich zum Golfspielen, wenn das Wetter und die Arbeitszeit es zuließen, man verreiste hin und wieder zu verlängerten Wochenenden an die Luxusadressen Europas, aß in den angesagten Sterne-Restaurants und genoss immer wieder einmal die Freizeit zusammen. Insbesondere der Geschmack an jungen Frauen war bei allen drei Geschäftspartnern sehr ähnlich und einverständlich ausgeprägt. Man ließ aber zu keinem Moment das Geschäft und den eigenen Vorteil aus den Augen. Diese für alle Beteiligten so erfreuliche und gewinnträchtige Verbindung endete jäh.

Wolf-Peter Drescher hatte zu seinem fünfundfünfzigsten Geburtstag in sein Penthaus eingeladen. Die fast fünfhundert Quadratmeter große Wohnung im 12. Geschoss und die riesige dreihundert Quadratmeter große Dachterrasse waren auf das Schönste hergerichtet. Die beste Cateringfirma der Stadt lieferte ein ausgewähltes Essen, den Wein und den Sekt hatte der Gastgeber von einer privaten Genießer-Reise mitgebracht. Drei Musiker spielten sehr gute und dezente Musik und die Stimmung der insgesamt einhundert geladenen Gäste war ausgezeichnet.

Krönung des Tages war aber, dass das Wetter so gut war, dass man sich nicht nur am Abend, sondern auch noch spät in der Nacht im Freien aufhalten konnte. Wolf-Peter Drescher war für alle erkennbar in bester Stimmung, regelrecht aufgekratzt. Er hatte einige seiner liebsten ‚Ehemaligen' eingeladen, flirtete abwechselnd mit dieser oder jener und schien rundum zufrieden zu sein. Punkt Mitternacht nahm er sich das Mikrofon von einem der Musiker und stellte sich an seine Gäste gewandt an das Geländer der Dachterrasse. Er bat um Aufmerksamkeit für eine kurze Ansprache. Um von allen gesehen zu werden, stieg er auf eine große Bank, die dort stand.

„Liebe Freunde, liebe Gäste! Vielen Dank, dass ihr euch für mich Zeit genommen habt, um meinen fünfundfünfzigsten Geburtstag zu feiern, in den ich in dieser Sekunde hineinfeiere. Viele von euch haben mich über Jahre begleitet. Manche kennen mein Leben wahrscheinlich besser als ich und der eine oder andere hat mich vielleicht auch beneidet oder auch verurteilt. Die, die ich vielleicht ungerecht behandelt habe, mögen mir heute, an diesem meinem besonderen Tag verzeihen. Ich würde mich darüber sehr freuen. Ich danke all den vielen Menschen des schöneren Geschlechts, dass sie mich so gerne und wohlwollend mit offenen Armen und Beinen empfangen haben, auch wenn ich einige von ihnen hinsichtlich meiner Treue enttäuscht habe. Aber haltet mir alle bitte zugute, dass ich niemandem ein Versprechen für eine gemeinsame Zukunft gegeben habe. Rückblickend bin ich heute der Meinung, dass ich es vielleicht besser hätte tun sollen. Vor einigen Wochen habe ich meinen jährlichen Gesundheitscheck gemacht, wie jedes Jahr. Und ich war, wie jedes Jahr, sicher, dass es mir gut geht. Leider stimmt das für die letzte Untersuchung nicht. Mein lieber Dr. Kleuber, wo haben Sie sich versteckt?" Wolf-Peter Drescher sah sich suchend bei seinen Gästen um und fand seinen Hausarzt inmitten junger Frauen stehend. „Ah ja, also, Sie haben mir eröffnet, dass meine Zeit auf Erden recht kurzfristig beendet sein wird. Er hat nach mehrmaligen Kontrollen eine hochgradig aggressive Leukämie diagnostiziert, die meine Lebenskraft in allerkürzester Zeit aufbrauchen wird. Er gab mir noch drei bis vier Monate. Und diese Frist ist heute ziemlich genau abgelaufen. Und deshalb auch heute diese wunderschöne gemeinsame Feier, die ich aber zugegebenermaßen nur unter Morphium und trotzdem unter stärksten Schmerzen miterleben kann. Es ist ein schöner Zufall oder Ironie des Schicksals, dass ich heute auch meinen Geburtstag feiern kann. Da ich mich nicht – denn so viel Zeit bleibt mir nicht – von allen meinen Freunden verabschieden kann, soll diese Party der gemeinsame Abschied sein, mein Goodbye an Sie alle. Genießen Sie im Gegensatz zu mir das Leben, so lange Sie können und behalten Sie mich in bester Erinnerung. Danke sehr!"

Und während der Beifall aufbrandete für die ebenso erschreckende wie beeindruckende Rede, erst leise und zögernd, dann laut und lauter, drehte sich Wolf-Peter Drescher mit der Andeutung einer Verbeugung um und schnellte mit einem sportlichen Sprung über das Geländer. Plötzlich war er weg. Und es dauerte einige Sekunden, bis die Gäste auf der Terrasse registrierten, was geschehen war. Das Klatschen seiner Gäste begleitete Wolf-Peter Drescher noch, bis er auf dem Pflaster im Innenhof aufschlug und sein Leben schlagartig zu Ende ging. Dann erst trat lähmendes Schweigen ein, kein Ruf, kein Schrei, nur absolute Ruhe und Fassungslosigkeit, Stille des Begreifens.

X

Die Zeitungsaufmachung am nächsten Tag war enorm. Mit großer Überschrift berichtete die Presse über den spektakulären Selbstmord des angesehenen Architekten und Millionärs. Vor allem die bizarre Art, aus dem Leben zu scheiden, gab vielen Spekulationen Nahrung. Es gab Andeutungen über Geldprobleme, seine angebliche Spielsucht, seine vielen Affären, Ungereimtheiten im Berufsleben und mehr. Aber die meisten dieser Unterstellungen konnten in den nächsten Tagen ausgeräumt werden. So hinterließ Wolf-Peter Drescher ein beachtliches Barvermögen in einstelliger Millionenhöhe, sein bezahltes Penthaus, eine kleine aber sehr wertvolle Gemäldesammlung und seine Unternehmensbeteiligung an dem Architektenbüro in Düsseldorf. Seine Spielleidenschaft wurde zwar noch einmal erwähnt, gab aber dann keinen Anlass zu weitergehenden Spekulationen. Er war schließlich nicht an seiner Spielsucht zerbrochen. Seine vielen Liebschaften wären zwar auch ein interessantes Thema für die Boulevardpresse gewesen, aber keine der Frauen, denen ein Verhältnis mit Wolf-Peter Drescher nachgesagt wurde, war zu einer Aussage bereit. Der Tote hatte sein Privatleben in allerbester Ordnung hinterlassen und seinen Nachlass in allen Details geregelt. Sein Vermögen floss, da er keine Familienangehörigen hatte, in eine Stiftung, die jedes Jahr einen Förderpreis an junge Musiker verlieh. Der Name Wolf-Peter Drescher tauchte erst einige Monate später wieder auf. Dieses Mal in den Vorstandsetagen einiger Finanzierungsinstitute. Im Zusammenhang mit massiven Zahlungsschwierigkeiten von Kunden bei Baufinanzierungen erschien regelmäßig der Name Wolf-Peter

Drescher als Wertgutachter. So erging zwangsläufig die Anweisung, die Wertgutachten von Wolf-Peter Drescher von regionalen Wertgutachtern gegenrechnen zu lassen. Es war zuerst nur ein Verdacht, aber nach den ersten Recherchen stellte sich heraus, dass die überprüften Gutachten zum Teil bis zu 40 % unter denen von Drescher ermittelten Werten lagen. Und damit hatten manche Kreditinstitute jetzt ein Problem. Alle nachgeprüften, aber genehmigten Finanzierungen wiesen nun plötzlich einen Blankoanteil von bis zu 40 % aus. Und das konnte und durfte im Bereich von Baufinanzierungen an Privatpersonen nicht sein.

Je tiefer die Prüfungen in die Details vordrangen, umso mehr entdeckten die internen Revisoren, dass auch die Bonitäten der Kunden nicht den üblicherweise unterstellten Ansprüchen der Institute entsprachen. Mal war das Einkommen zu niedrig, mal die Dauer des Anstellungsverhältnisses viel zu kurz, ein anderes Mal war eine Bescheinigung der Eltern über einen monatlichen Beitrag zu den Lebenshaltungskosten der Kreditnehmer erkennbar nicht realistisch. Auffällig war aber insgesamt, dass die Auskünfte über die Kreditnehmer weitere Kredite und Verpflichtungen enthielten, die bei der Bearbeitung unerwähnt geblieben waren.

Der Tod des Wolf-Peter Drescher ließ bei einigen Kreditinstituten Alarmlampen dunkelrot aufleuchten. Und nach weiteren zwei Wochen stand fest, dass über ganz Deutschland verteilt für eine ganze Reihe von Finanzierungen nicht nur die Kundenunterlagen manipuliert worden waren, sondern auch die Bonitäten, die Wertgutachten und die Kaufpreise. Und in den Kreditinstituten fiel auch auf, dass es sehr häufig immer derselbe Vermittler war, der die Finanzierungen angetragen und vorbereitet hatte. Man erkannte plötzlich ein System. Und trotzdem schlossen sich die Kreditinstitute nicht untereinander kurz. Diese Vorgänge galt es, intern zu klären. Als Erstes wurden alle Baufinanzierungsanträge, die von dem auffälligen Vermittler noch in

Bearbeitung und nicht entschieden waren, zurückgestellt. Dann luden die Geschäftsleitung der Kreditinstitute und die internen Revisoren die Herren Paul und Paul zu einem persönlichen Gespräch mit größter Dringlichkeit ein.

Paul senior und sein Sohn Timo ahnten aus ihrer Erfahrung bereits am Tag nach Dreschers Tod, was auf sie zukam. Entsprechend verbrachten sie zwei Tage fast ununterbrochen in ihrem Büro und sahen alle Akten durch, ob sich eine verräterische Absprache zwischen ihnen, den vorigen Eigentümern der Wohnanlagen und Wolf-Peter Drescher herleiten ließ. Auch durften in der Buchhaltung keine Zahlungen an „treue Zuarbeiter" auftauchen. Sicherheitshalber und um Zeit zu gewinnen, wurden alle Buchhaltungsunterlagen zusammengepackt und noch am gleichen Tag zum Steuerberater außer Haus gebracht, wo sie angeblich zur Bearbeitung lagen. Paul senior und sein Sohn Timo stimmten sich über die möglichen Fragen vonseiten der Finanzierungsinstitute ab, was ihnen nicht so schwerfiel, da sie seit Jahren dieses Spiel kannten und immer gleich abwickelten. Sie sahen für sich keine große Gefahr. Sie unterließen es aber nicht, die ImRe Immobilie und Rente GmbH, Herrn Wenczowsky, in diesen Tagen anzurufen und nachzuhören, ob auch dort bereits entsprechende Vorkehrungen getroffen worden waren.

„Hallo, Herr Wenczowsky, alles in Ordnung?", begann Paul junior das Gespräch.

„Ja, danke, alles in Ordnung." Die Antwort kam prompt.

Keiner der Gesprächspartner wollte den ersten Schritt machen, aber Paul musste wissen, ob die ImRe Immobilie und Rente GmbH auf Rückfragen Dritter eingestellt war. Denn aus der Zusammenarbeit zwischen den beiden Büros konnten gewisse Vermutungen gezogen werden.

„Der Tod von Drescher ist eine schlimme Sache. Haben Sie schon gehört, warum Drescher sich umgebracht hat?" Wenczowsky zögerte einen Moment mit seiner Antwort.

„Nein, der Arme war wohl sehr krank und suchte einen seriösen Abgang, einen Abgang mit Stil nennt man das wohl!"

„Ob die Finanzinstitute wohl die Wertgutachten überprüfen?", fragte Paul junior jetzt gerade heraus.

„Wir haben noch nichts gehört, aber wir machen uns auch keine Sorgen, weil wir die Wohnungen ja nicht selbst verkauft haben, sondern über Sie. Und die Finanzierungsbeschaffung war ja vertraglich Ihre Sache."

Genau mit dieser Antwort hatte Paul junior gerechnet. Die ImRe Immobilie und Rente GmbH zog sich sofort aus der Verantwortung und hatte tatsächlich auch die richtige Position in dem Vorgang eingenommen. Ihr konnte niemand einen Vorwurf machen. Umso wichtiger war es daher, dass sich Paul und Paul rundherum absicherten.

„Falls Sie etwas Neues in der Angelegenheit hören, sagen Sie uns doch bitte Bescheid. Wir wissen gerne im Voraus, was auf uns zukommt. Und der Abverkauf von Wuppertal ist ja auch schon ein Jahr her, was sollte hier noch hochkochen?", beendete Paul junior das Gespräch. Er wünschte sich, dass alles abgewickelt und vergessen wäre, aber er hatte ein starkes Gefühl der Unsicherheit, konnte es aber noch nicht greifen. Als dann die schriftliche Einbestellung zur Hypothekenbank nach Stuttgart per eingeschriebenem Brief im Büro von Paul und Paul ankam, wusste er, dass Schwierigkeiten ins Haus stehen konnten.

Wenige Tage später machten sich Vater und Sohn Paul auf den Weg nach Stuttgart. Auf der Fahrt sprachen sie noch einmal den Werdegang der Vermittlung der Wohnanlage in Wuppertal durch. Sie konnten alle Fragen, die sie erwarteten, erklären. Sie wollten aber auf keinen Fall andere Geschäftspartner mit hineinziehen, denn dann wäre es unmöglich, alle Aussagen zu koordinieren. Sie konnten aber nicht ausschließen, dass sich andere Partner in ihrer breiten Vermittlermannschaft ungeschickt äußerten. Es begann also ein Spiel mit vielen Unbekannten. Auf ihrem Weg vom Bahnhof durch die Fußgängerzone zur Hauptverwaltung der Hypothekenbank hatten sie keinen Blick für die Auslagen der Geschäfte. Sie beschäftigten sich mit dem bevorstehenden Termin. Paul und Paul waren extrem angespannt und voll konzentriert.

„Guten Morgen, meine Herren, schön, dass Sie es sich so kurzfristig einrichten konnten." Die Begrüßung seitens der drei Herren aus der Hypothekenbank war freundlich, aber reserviert. Nachdem die ersten Sätze der Höflichkeit ausgetauscht waren und der bestellte Kaffee auf dem Couchtisch stand, kamen sofort die Fragen auf den Tisch, die alle aus unterschiedlichen Gründen interessierten.

„In Ihren Finanzierungsvermittlungen haben Sie sehr häufig oder besser gesagt überwiegend mit dem Architekten Wolf-Peter Drescher als Wertgutachter zusammengearbeitet. Woher kannten Sie Herrn Drescher?"

Eine unverbindliche, aber sehr gezielte Einstiegsfrage seitens des Direktors Müller von der Hypothekenbank. Damit war klar, wo sein Interesse lag.

„Ja, es ist schon eine Tragik, dass sich Drescher so aus dem Leben verabschiedet hat. Er war ein so seriöser, zuverlässiger Mann, ein wahrer Schöngeist. So einen Geschäftsfreund findet man heute kaum noch." Diese Worte hatte Paul senior sich bewusst zurechtgelegt.

„Ich weiß noch, dass wir auch zu seinem Geburtstag eingeladen waren, aber den Termin aus einem familiären Grund nicht wahrnehmen konnten. Meine Frau feierte am gleichen Tag ihren vierzigsten Geburtstag und wir hatten selbst das Haus voller Besuch. Und ehrlich gesagt bin ich froh, dass ich in Düsseldorf nicht dabei war. Es wäre ein Schock gewesen, an dem wir, nicht wahr, Junior, lange zu arbeiten gehabt hätten.

Ja, Wolf-Peter Drescher war ein besonderer Mensch. Wir haben ihn auf Empfehlung eines Teilnehmers unserer jährlichen Treffen auf Bundesebene in Berlin vor circa fünf Jahren kennengelernt. Aber ich weiß beim besten Willen nicht mehr, wer uns die Zusammenarbeit mit ihm empfohlen hat. Wir haben dann Kontakt zu Drescher aufgenommen und einen wirklich fachkundigen und zuverlässigen Menschen getroffen und ihn mit der Erstellung von einigen Wertgutachten beauftragt. Wir haben uns bisher immer auf sein Urteil verlassen können."

Die Herren aufseiten der Hypothekenbank sahen sich an, denn mit dieser unverbindlichen Antwort konnten sie nichts anfangen.

„Hat Herr Drescher die Immobilien mit Ihnen gemeinsam besichtigt oder wie fand die Erstellung der Wertgutachten statt?", wollte Herr Müller weiter wissen.

„Wir haben bei Drescher angefragt, ob er Zeit für ein Wertgutachten hätte, und ihm erst bei positiver Antwort daraufhin die gesamten Unterlagen über die Immobilie zugesandt. Er selbst hat dann Termine in den Anlagen und Wohnungen gemacht und sich mit dem Hausmeister und der Hausverwaltung getroffen und Besichtigungen vorgenommen. Meistens hatten wir nach spätestens zwei Wochen ein ausführliches Wertgutachten auf dem Tisch. Ich kann mich nur wiederholen, er lieferte zuverlässig und termingerecht ab", antwortete dieses Mal Paul junior.

„Waren Sie nicht die Hausverwaltung?", fragte der Abteilungsdirektor für interne Revisionen mit erkennbarer Schärfe.

„Nein, zum Zeitpunkt, wenn wir die Möglichkeit prüfen, ob unser Vertriebsbüro den Verkauf einer Immobilie übernehmen kann, sind noch die Verwalter des Verkäufers tätig. Diese lösen wir erst ab, wenn wir den Vertrieb und auch als logische Folgerung die weitere Verwaltung der Immobilie übernehmen. Ansonsten ergibt es keinen Sinn für uns, denn wir sind in erster Linie Vertrieb und nicht Verwalter!"

Direktor Müller verzog sein Gesicht. Die Antwort ärgerte ihn und er reagierte emotional, denn er hatte die Verluste, die auf die Hypothekenbank zukamen, zu vertreten, auch persönlich. Das ärgerte ihn besonders.

„Aber Herr Paul, Sie wissen doch so gut wie ich, dass bisher neun der von Ihnen und Ihren Vertriebspartnern eingereichten Finanzierungen notleidend geworden sind und bei weiteren zwei Finanzierungen Ratenrückstände existieren. Sie haben doch auch gewusst, dass die Werte der Immobilien nicht den Kaufpreisen entsprechen. Sie sind lange genug im Geschäft, um den Markt zu kennen. Ob Sie nun Vertrieb oder Verwaltung sind, Sie sind der Fachmann."

Paul senior setzte sich in seinem bequemen Sessel senkrecht auf und entrüstete sich.

„Aber Herr Müller, wir vertreiben circa fünfhundert Wohneinheiten pro Jahr in ganz Deutschland. Sicher sind wir Fachleute. Aber glauben Sie, dass wir von Baden-Württemberg aus jede einzelne Region in Deutschland kennen? Genau dafür nehmen wir die Hilfe von seriösen Architekten und anerkannten Wertermittlern in Anspruch, die auch, und darauf legten wir immer allergrößten Wert, von den Finanzierungsinstituten akzeptiert worden sind. Und Herr Drescher hatte einen vorzüglichen Ruf in der Branche. Das werden Sie mir bestätigen können. Was werfen Sie uns also vor?"

Die kurzfristig aufgetretene Spannung schwang im Raum. Einige Sekunden dachte Direktor Müller daran, das Gespräch platzen zu lassen und die Herren Paul des Hauses zu verweisen. Aber seine Erfahrung sagte ihm, dass er die beiden Vertriebsspezialisten vielleicht noch bei der weiteren Abwicklung der notleidenden Darlehen brauchen konnte. Vielleicht auch, um einen Teil der Verantwortung für die Vergabe der Darlehen auf diese abzuwälzen.

„Wir alle stecken in der Sache drin, wir alle haben uns auf die vorgelegten Unterlagen verlassen. Vielleicht haben wir alle die Unterlagen zu vertrauensselig bearbeitet und nicht mehr allzu genau hingesehen. Aber, Herr Paul, wer war denn der Verkäufer der Wohnanlage in Wuppertal? Kennen Sie die Firma …", Herr Müller blätterte umständlich in den

Akten und suchte nach dem Namen, „die Firma ImRe Immobilie und Rente GmbH in Düsseldorf?"

„Ja, natürlich. Wir haben schon mehrere Wohnanlagen mit diesem Verkäufer abgewickelt. Die Firma erhält zumeist von Banken, in diesem Fall von der Regionale Genossenschaftskasse NRW, Bereich Bergisches Land, den Auftrag, Immobilien zu übernehmen und gegebenenfalls auch zu platzieren. Und bisher haben wir damit keine Schwierigkeiten gehabt. Ich gehe davon aus, dass Sie über die Firma bereits Auskünfte eingeholt haben. Unsere Informationen basieren auf den Aussagen der Creditreform und Schimmelpfennig und sind sehr gut. Soweit ich mich erinnere, liegen die Bewertungen um einhundertzwanzig und sind erstklassig. Und es spricht ja auch für die Firma, wenn die Institute in Nordrhein-Westfalen sich ihrer Hilfe bedienen."

Herr Müller wurde immer wütender. Die Gesprächspartner hatten für alles eine passende Antwort. Sie waren offensichtlich gut vorbereitet. Und es stimmte, dass sowohl das Vertriebsbüro Paul und Paul als auch die ImRe Immobilie und Rente GmbH wie auch Wolf-Peter Drescher hervorragende Auskünfte hatten und es von dieser Seite keinen Anlass zu besonderen Prüfungen im Vorfeld gegeben hatte. Und doch gab es die Ungereimtheiten, die Müller durch den Kopf gingen und die ihm sein Direktor der internen Revision detailliert aufgezeigt hatte. Das wollte er intern genauestens prüfen, aber seine Gesprächspartner zum jetzigen Zeitpunkt noch nicht darauf aufmerksam machen. Also beendete er die Unterredung.

„Vielen Dank für Ihren Besuch. Wenn wir weitere Fragen haben, werden wir Sie anrufen."

Es folgte eine kurze Verabschiedung, unpersönlich und kalt. Paul senior ahnte, dass die Hypothekenbank weiter recherchieren und ihnen noch Schwierigkeiten machen würde. Der Weg von Vater und Sohn Paul führte sie nach der Besprechung direkt in ein Bistro, das sie auf dem

Weg zur Hypothekenbank schon gesehen hatten. Kaffee und Cognac waren jetzt notwendig.

„Die werden nicht lockerlassen. Die haben ein sogenanntes ‚Klumpenrisiko‘, das heißt: zu viele Endfinanzierungen für Kunden von einem Vermittler für eine Wohnanlage. Ich schätze, dass das Ausfallrisiko der Hypothekenbank alleine zum jetzigen Zeitpunkt bei über zwei Millionen Euro liegt, mindestens. Und das muss die Direktion dem Vorstand erklären und ich bin sicher, dass in der Hypothekenbank einige Stühle erheblich wackeln. Und ganz bestimmt der von Herrn Müller. Ordnen wir ihn als unseren Feind ein." Paul junior stellte dies emotionslos und sachlich fest. Gefahr war im Verzug und sie ahnten es.

XI

Es war das Organisationstalent von Konrad Wenczowsky, das für die kleine Mannschaft der ImRe Immobilie und Rente GmbH ein verlängertes Wochenende in London zustande brachte. Aber die Reise für die fünf Mitarbeiter und die beiden Gesellschafter war organisatorisch nicht wirklich eine Herausforderung. Das aber war vielmehr die Überzeugungsarbeit, die er bei den Herren Großkreuz und Müller leisten musste. Wenczowsky fand es durchaus gerecht, die Mitarbeiter, die oftmals bis in die Abendstunden hinein arbeiteten und darüber kein Wort verloren, an dem großen Erfolg der Gesellschaft zumindest in bescheidenem Umfang zu beteiligen. Endlich kam die Zusage und er buchte ein gutes Hotel in der Nähe vom Hyde Park, organisierte die Flüge und Eintrittskarten für das Musical „Phantom of the Opera". Ansonsten wurden eine Stadtrundfahrt mit Besichtigung des Towers und ein Besuch in Windsor arrangiert. Auch Freizeit für die weiblichen Kollegen zum Shopping war vorgesehen. Die Mitarbeiter empfanden diese Einladung als Anerkennung ihrer Arbeit, hatten sie doch die Diskussionen zwischen Geschäftsführung und Gesellschafter im Vorfeld nicht erlebt. Aber sie wussten auch aus internen Besprechungen, dass die kleine Firma im abgeschlossenen Jahr einen Bruttogewinn von 2.850.000 Euro gemacht hatte und fanden es durchaus gerecht, dass wenigstens eine Anerkennung erfolgte. Auch Konrad Wenczowsky sah das so, als er eine Erfolgsprovision von brutto 350.000 Euro für das abgeschlossene Geschäftsjahr erhielt. Neben seinem wirklich guten Gehalt, dem Firmenwagen und der unlimitierten Kreditkarte fühlte er sich angemessen honoriert. Allerdings hatte er in den letzten Monaten bei der Abwicklung der Wohnanlage in Wuppertal durchaus vermisst, dass auch die Interessen der Kunden langfristig berücksichtigt wurden. Manche Bemerkung der Gesellschafter beschäftigte ihn immer wieder und in ruhigen Augenblicken grübelte er, was ihm bevorstehen würde, wenn seine Leistungen einmal nicht mehr den erwarteten Erfolg zeigten oder er sich zu sehr um Interessen von Kunden bemühte. Insbesondere Horst Müller, dem Anwalt, der alle Verträge und schriftlichen Vereinbarungen des Büros so ausgefeilt formulierte, dass die Vorteile eindeutig aufseiten der ImRe Immobilie und Rente GmbH waren, fiel es erkennbar schwer, andere Menschen an Erfolgen teilhaben zu lassen. Sein immer wieder zwar scherzhaft, aber tiefernst gemeinter Wahlspruch lautete: „Nur was in meiner Tasche landet, ist wohlgetan!"

Waren es bei Horst Müller der Egoismus und der Geiz, der sein Handeln bestimmte, war es bei Walter Großkreuz das angeborene Misstrauen, das ihn bei allen Überlegungen leitete. Das war auch der Grund, warum seine frühere Freundin, als er noch mit seiner zweiten Ehefrau verheiratet war, einen Angestelltenjob im Büro der ImRe Immobilie und Rente GmbH erhielt, den sie immerhin stundenweise in der Woche auch mit Anwesenheit erfüllte. Die Kolleginnen und der angestellte Geschäftsführer Wenczowsky waren auf diese Weise unter Kontrolle und weder traute sich jemand, mit der Noch-Ehefrau von Großkreuz zu reden, noch Missfallensäußerungen über einzelne Vorkommnisse im Unternehmen zu machen.

Wenige Tage vor der Reise nach London saßen die beiden Gesellschafter mit ihrem Geschäftsführer und dem Chef der Wirtschaftsprüfungsgesellschaft im Büro der ImRe Immobilie und Rente GmbH zusammen. Die Bilanz sollte abschließend besprochen und die Verwendung des Gewinns entschieden werden.

„Unser Eigenkapital beträgt zurzeit 750.000 Euro. Das ist für eine kleine GmbH schon ansehnlich. Ich meine, dass eine nachhaltige Steigerung daher nicht notwendig ist, zumal wir unsere Verpflichtungen auch nachhaltig zurückgefahren haben. Mein Vorschlag ist, von dem Gewinn 250.000 Euro zur Erhöhung des Eigenkapitals zu benutzen. Weitere 350.000 Euro sollen, so mein Vorschlag, als Rücklagen gebucht werden. Der Rest fließt auf unsere Gesellschafterkonten und macht uns glücklich." Das überaus zufriedene Grinsen auf dem Gesicht von Walter Großkreuz veranlasste Wenczowsky, in die Akten zu blicken und geschäftig etwas nachzuschlagen.

Horst Müller blieb ernst, denn er wusste sehr genau, dass die Freundin seines Partners ein ansehnliches Gehalt – natürlich für sehr wenig Gegenleistung – bezog, was einschließlich der Sozialabgaben letztlich auch zu seinen Lasten verbucht wurde. Darüber musste er mit Großkreuz noch einmal ausführlich reden. Gleiches Recht für alle und wenn er seine Freundin auch als Mitarbeiterin anstellte.

„Ich schlage vor", führte Großkreuz weiter aus, „dass Sie im Wirtschaftsprüfungsbüro einmal prüfen lassen, welche Möglichkeiten es gibt, die Haftung von Müller und mir zu begrenzen. Nicht, dass irgendeiner dieser Immobilienkäufer auf die Idee kommt, uns mit Prozessen zu überziehen, weil wir – wenn auch nur kurz – Eigentümer der Wohnanlagen waren, die Paul und Paul so überteuert verkauft haben. Man weiß ja nie. Und ich kann und werde nicht akzeptieren, dass dann irgendwelche klugen Rechtsverdreher auf die Idee kommen, auf unsere Gesellschafterkonten zurückzugreifen. Das Eigenkapitalkonto der Gesellschaft ist dann auch schon viel zu üppig. Prüfen Sie doch einmal nach, ob eine Reduzierung des Kapitalkontos Auswirkungen auf die Kreditbonität der Gesellschaft hat!"

Der Wirtschaftsprüfer notierte die Fragen und sagte eine Klärung innerhalb der nächsten Tage zu. Wenczowsky fühlte sich in diesem Moment aufgefordert, die Platzierung der Eigentumswohnungen aus der Wohnanlage in Wuppertal noch einmal anzusprechen.

„Der Verkauf durch Paul und Paul ist wirklich optimal gelaufen. Die Wohnanlage sah nach unseren kleinen Renovierungsarbeiten auch wirklich prima aus. Wer nur die Fotos gesehen hat, war wirklich überzeugt, eine tolle Investition zu machen. Was mir nur aufgefallen ist: Die Vertriebsmannschaft von Paul und Paul hat die Wohnungen ausschließlich an finanzschwache, wenn nicht sogar an extrem finanzschwache Käufergruppen platziert. Und wenn ich mich erinnere, dass von den Mietern nur jeder dritte seine Miete ordnungsgemäß gezahlt hat, der überwiegende Teil also nur verzögert, wenn überhaupt gezahlt hat, dann war es eine Frage von wenigen Monaten, bis die ersten Finanzierungen platzen würden. Und das Wertgutachten von Drescher war zudem überaus freundlich, um es vorsichtig auszudrücken. Ich befürchte, dass wir noch manche Anfrage zu dem Verkauf der Wohnungen bekommen werden. Daher halte ich einerseits die Fragen von Herrn Großkreuz für sehr berechtigt. Andererseits müssen wir uns vielleicht Gedanken darüber machen, ob wir solche Schrottimmobilien zukünftig weiter im Markt platzieren lassen. Ich stelle zur Diskussion, ob wir uns mehr auf den Verkauf von Ferienimmobilien in gesuchten exklusiven Lagen in Europa konzentrieren. Ich kenne da …"

Es war Horst Müller, der seinen Geschäftsführer unwirsch und mit einer wegwerfenden Handbewegung unterbrach. „Darüber können wir uns unterhalten, wenn entsprechende Rückfragen auf dem Tisch liegen. Ich als Anwalt sage Ihnen, dass die Verträge so abgefasst sind, dass wir nichts zu befürchten haben. Was der Vertrieb macht, ist dessen Sache. Wir haben einen Verkaufspreis mit Paul und Paul ausgehandelt. Wenn die dann gierig sind und betrügerisch verkaufen, dann ist das deren Problem. Solange der Markt noch Immobilien für finanzschwache Investoren braucht, werden wir diese auch in den Markt bringen.

Schließlich haben wir unsere Kontakte und die wollen wir zum jetzigen Zeitpunkt nicht verlieren. Bevor andere das dicke Geld verdienen, sacken wir es ein. Es ist ja schließlich auch nicht Ihr Nachteil, Herr Wenczowsky!"

Alle blickten Wenczowsky an. Jeder merkte, dass dieser eine Grenze angesprochen hatte, die nicht zu überschreiten war. Und Wenczowsky fühlte sich schlagartig isoliert und fürchtete um seinen Job. Das Gefühl kam plötzlich und unerwartet stark.

„Erst sind Sie der Samariter für die Kollegen und machen diese in meinen Augen völlig überflüssige Reise nach London als Belohnung, dann wollen Sie den Teil des Geschäfts nicht mehr fortführen, der unseren Gewinn sicherstellt. Wenn das Ihre Einstellung ist, dann müssen wir uns über Ihre Arbeit im Hause noch einmal unterhalten."

Jetzt fühlte sich Walter Großkreuz bemüßigt, beschwichtigend einzugreifen.

„Es ist ja richtig, dass Sie sich Gedanken über Eventualitäten machen, Herr Wenczowsky. Dafür sind Sie ja auch als Geschäftsführer da. Schließlich haften Sie in Ihrer Position auch persönlich. Aber wir achten schon im eigenen Interesse darauf, dass alles seinen richtigen, rechtlich einwandfreien Weg geht."

Das war das Ende der Besprechung. Der Wirtschaftsprüfer hatte seine Aufgaben verstanden und beeilte sich, der entstandenen Spannung im Raum durch eine schnelle Verabschiedung zu entkommen. Horst Müller akzeptierte zwar die beschwichtigenden Worte seines Partners. Er schwor sich jedoch, über die Arbeitseinstellung seines Geschäftsführers noch einmal intensiv nachzudenken und vor allem über die Anstellung seiner Freundin in der Gesellschaft ein Gespräch mit Großkreuz zu suchen. Und Wenczowsky war total verstört über den Verlauf der Sitzung. Er erinnerte sich zwar daran, dass auch in den letzten Jahren die Verteilung des Gewinns Spannungen mit sich brachte. Aber dass es ihn anging, der ja nur Ausführender für die Gesellschafter war, irritierte ihn nachhaltig. Er konstatierte für sich, dass Kritik gänzlich unerwünscht war.

Drei Tage später starteten die Mitarbeiter der ImRe Immobilie und Rente GmbH mit den beiden Gesellschaftern die Belohnungsreise nach London. Die Stimmung war gut, die beiden Gesellschafter locker und entspannt, und alle freuten sich auf ein abwechslungsreiches Programm sowie schönes Wetter. Denn blauer Himmel und Sonnenschein waren nicht nur die Grundlage für ein erfolgreiches Immobiliengeschäft, sondern auch für eine motivierende Betriebsreise. Vier Tage Urlaub von der Arbeit taten allen gut. Die Erholung sollte auch für die kommenden Monate wichtig sein.

XII

Der Selbstmord des Wolf-Peter Drescher war von der Polizei schnell abgehandelt. Der Ablauf und das Motiv waren zu eindeutig, dafür gab es viele Zeugen und die übereinstimmenden Bestätigungen des Facharztes und des Gerichtsmediziners. Für die Polizei gab es also keinen Grund, dem Tod des bekannten Architekten weitere Aufmerksamkeit zu schenken. Ganz anders sahen das – nach der Vorlage erster interner Revisionen – mehrere Kreditinstitute. Sie hatten festgestellt, dass der überwiegende Teil der Finanzierungsengagements, denen ein Wertgutachten von Wolf-Peter Drescher zugrunde lag, notleidend geworden war. In allen Fällen war der Grund für die ausbleibende Bedienung der Raten, dass die Mieter der Wohnungen die Mietzahlungen nicht mehr leisteten und die Eigentümer kein Geld hatten, die Verpflichtungen zu bedienen. Die internen Revisoren erkannten schnell, dass hier systematisch gearbeitet worden war, zumal in fast allen Fällen die Vermittler der Kunden die gleichen waren und viele der Wohnungen in Gebäuden lagen, die der Wohnanlage in Wuppertal sehr ähnlich waren. Vier Finanzierungsinstitute begannen unabhängig voneinander, die Vorgänge intensiv zu recherchieren. Und im Fokus standen nicht nur die Kreditnehmer selbst, sondern auch unter anderem die Vertriebsgesellschaft Paul und Paul, der letzte Eigentümer der Wohnanlage in Wuppertal, die ImRe Immobilie und Rente GmbH und der Notar, der die Kaufverträge alle beurkundet hatte.

Der Verdacht der Manipulation und zum Positiven geänderter Unterlagen – das Wort Betrug nahm zu diesem Zeitpunkt noch niemand in den Mund – verstärkten sich immer weiter. Tatsächlich hätten die betroffenen Institute kein einziges der Darlehen genehmigen dürfen. An dieser Stelle weitete sich die interne Überprüfung auf die Mitarbeiter der Finanzierungsinstitute aus, die die Anträge entgegen genommen, bearbeitet und diejenigen, die letztlich die Kredite genehmigt hatten. Und auch hier tauchten in fast allen Fällen immer wieder die gleichen Namen auf. Es war nun offensichtlich, dass eine Zusammenarbeit zwischen den Vertrieben, die die Kundenunterlagen zusammengestellt und vorbereitet hatten, und einzelnen Mitarbeitern in bestimmten Kreditinstituten existierte. Es war nach kurzer Zeit eine Kleinigkeit, diesen Kreis von Personen zu benennen. Und immer noch handelte jedes Kreditinstitut alleine, ohne die Mitbewerber durch den Bundesverband oder durch direkte Kontaktaufnahmen untereinander von dem Geschehen in Kenntnis zu setzen. Denn das war unüblich zwischen den Kreditinstituten. Es wurde nicht zugegeben, dass es eine interne Schwachstelle gab. Die Kenntnis musste unter allen Umständen so eng wie möglich gehalten werden, sowohl intern als auch nach draußen. Selbst Mitarbeiter des betroffenen Kreditinstituts ahnten vielleicht, dass es einen oder mehrere ungewöhnliche Vorgänge gab. Aber bis Details darüber durchsickerten, vergingen Monate. So wuchs die Zahl der bereits aktenkundigen Kredit-Engagements weiter. Die Ratenzahlungen blieben komplett aus und nach der ersten, der zweiten Mahnung, der Androhung von Zwangsmaßnahmen mit dem Angebot persönlicher Gespräche folgten schließlich Kreditkündigungen. Die betroffenen Mitarbeiter des Kreditinstituts wurden von ihren Positionen abgelöst, manche entlassen, und die Kunden, vor allem betroffene Vertriebe wurden per interner Eilmitteilung im Hause mit einem Bann belegt. Es wurden von der Firma Paul und Paul keine Kreditanträge mehr angenommen und die Anträge, die bereits vorgelegt worden waren, landeten unverzüglich bei der internen Revision zur weiteren Bearbeitung. Jetzt wurde auch eine

Mitteilung über den Bundesverband deutscher Kreditinstitute veranlasst, in der vor einer Zusammenarbeit unter anderem mit dem Vertrieb Paul und Paul gewarnt wurde.

Bankdirektor Müller und sein Revisionsleiter saßen einige Wochen später zu einer weiteren Besprechung zusammen und sie entschlossen sich, die Entstehung aller ausfallgefährdeter Finanzierungen aus der Wohnanlage in Wuppertal zu analysieren. Die erste Zahl, die ihnen auffiel, war der Verkaufspreis für den Quadratmeter Wohnfläche, den Paul und Paul als in diesen Fällen verantwortlicher Vertrieb von den Enderwerbern erhalten hatten. Dieser belief sich auf 1.950 Euro pro Quadratmeter, also bei 6.450 Quadratmeter insgesamt 12.577.500 Euro zuzüglich 5.000 Euro pro Stellplatz, was bei sechsundneunzig Wohneinheiten noch einmal 480.000 Euro entsprach. Diese Preise waren anhand der vorliegenden Kaufverträge nachzuvollziehen. Bei den ebenfalls in den Kaufverträgen genannten Ablösungen für den verkaufenden Voreigentümer, der Firma ImRe Immobilie und Rente GmbH aus Düsseldorf, von 1.050 Euro pro Quadratmeter verblieb bei dem Vertrieb Paul und Paul für jeden verkauften Quadratmeter ein Bruttogewinn in Höhe von 900 Euro. Das bedeutete, der Vertrieb erwirtschaftete aus dem Abverkauf brutto einen Gewinn von 5.800.000 Euro einschließlich der Stellplätze 480.000 Euro. Demgegenüber war der Gewinn des Verkäufers, der Firma ImRe Immobilie und Rente GmbH aus Düsseldorf, fast gleich hoch, wenn die im Grundbuch eingetragene Grundschuld, die nur sechs Monate alt war und noch im vollen Umfang valutierte, in Abzug gebracht wurde. Diese Relation machte die Gesprächspartner nachdenklich. Warum verzichtete ein Verkäufer von Wohnungen auf einen beachtlichen Mehrerlös, der offensichtlich durch den Vertrieb mühelos erwirtschaftet werden konnte. Auch wenn die ImRe Immobilie und Rente GmbH auf die Hilfe eines Vertriebs angewiesen war, so ist eine Vertriebsprovision von 15 % auf den Verkaufspreis an die Enderwerber durchaus realistisch und angemessen. Das hätte einer immer noch stattlichen Provision von fast zwei Millionen Euro für Paul und Paul entsprochen.

Direktor Müller und sein Abteilungsleiter beschlossen, einige der Kunden, die in der Wohnanlage Wuppertal gekauft hatten und nun Schwierigkeiten mit der Rückzahlung hatten, zu einem persönlichen Gespräch einzuladen. Gemeinsam suchten sie fünf Kunden aus. Einer dieser Kunden war Thomas Schmidbauer, den sie aufgrund seiner Zahlungsschwierigkeiten zu einem Besuch nach Stuttgart baten. Das Schreiben war ausgesucht höflich formuliert. Trotzdem löste es bei Thomas Schmidbauer Panik aus, denn fast gleichzeitig neigten sich die Barreserven viel schneller, als er es vorausgesehen hatte, erneut dem Ende zu. Und dabei war es doch erst achtzehn Monate her, dass er 40.000 Euro erhalten hatte.

XIII

Thomas Schmidbauer packte schieres Entsetzen, als er feststellte, dass seine Barreserven, die er eisern verwaltet hatte, durch Sonderausgaben so schnell aufgefressen wurden. Erst waren es gestiegene Nebenkosten für sein Einfamilienhaus, dann eine Autoreparatur, die fast 3.000 Euro verschlang, danach forderte die Hausverwaltung in Wuppertal für die vier Eigentumswohnungen insgesamt 2.500 Euro als Nachzahlung an. Der letzte Urlaub, den die Familie in einer Pension im Allgäu verbracht hatte, war auch teurer geworden als geplant, weil Thomas Schmidbauer seiner Familie „etwas bieten wollte", nachdem sie ja mehrere Jahre auf Erholung hatten verzichten müssen. Die Kosten stiegen und er konnte sie nur durch seine noch vorhandenen Barreserven auffangen. Als dann noch der Zwischenvermieter für die Eigentumswohnungen in Wuppertal mitteilte, dass er Konkurs anmelden musste und somit die Zahlung der Mietdifferenz für die vier Wohnungen ausblieb, stand Thomas Schmidbauer völlig unerwartet vor einem finanziellen Minus von monatlichen 772 Euro, das er privat aufbringen musste; 772 Euro netto für den Ausfall von Mieten. Dieses Geld hatte er nicht. Und das Geld, das er verdiente, war für alle möglichen anderen Ausgaben schon mehr als in Anspruch genommen und der Ausfall der Mietdifferenz traf ihn dementsprechend brutal und natürlich unerwartet. Das übliche Verhalten von Schuldnern ist, den Kopf in den Sand zu stecken. Sie zahlen die Verpflichtung nicht mehr und gewinnen so wenigstens einige Wochen und auch Monate Zeit. Dann erst kommt die erste Mahnung, dann eine freundliche Erinnerung, dann eine zweite

Mahnung, dann die Androhung von Zwangsmaßnahmen und erst nach drei bis vier Monaten der erste eingeschriebene Brief mit Kreditkündigung und Mahnbescheid.

Die familiäre Situation verschlechterte sich wieder dramatisch. Denn auch Sabine und die Kinder merkten, dass der Geldfluss erneut versiegte. Die Stimmung sank und vergessen gehoffte Zustände wiederholten sich. Die Gedanken von Thomas Schmidbauer kreisten nur um die Fragen: Wie bekomme ich weiteres Geld? Kann ich noch einmal Wohnungen kaufen, wenn ich dann weitere zwei Jahre Luft bekomme? Wer finanziert mir die Wohnungen? Mehr als einmal hatte er den Telefonhörer in der Hand, um bei dem Vertriebsbüro Paul und Paul anzurufen. Ihm kam aufgrund der eigenen massiven finanziellen Schieflage nicht in den Sinn, dass die jetzt entstandene Situation von vornherein vorgesehen und auch zeitlich genau so vorausgeplant war. Für Thomas Schmidbauer waren Paul und Paul immer noch die genialen Retter in der Not, der Strohhalm, der ihm vor zwei Jahren seine Probleme genommen hatte. Sein Versuch, einen der beiden zu erreichen, um einen neuerlichen Kauf von Eigentumswohnungen zu besprechen, blieb ohne Ergebnis. Die beiden Herren Paul waren laut Aussage des Büros in Urlaub und erst in vierzehn Tagen wieder erreichbar. Er war alleine, als eines Morgens der Brief der Hypothekenbank aus Stuttgart bei ihm eintraf – die Einladung zu einem Gespräch über seinen finanziellen Engpass bei der Finanzierung der Eigentumswohnungen in Wuppertal. Die Bank bot ihm ihre Hilfe bei der Lösung an und in seiner Unerfahrenheit glaubte Thomas Schmidbauer, dass dies die erhoffte Rettung aus einer unwirklich negativen Situation sein könnte. Er steckte die letzten Geldreserven für die Benzinkosten ein und fuhr morgens um vier Uhr los, damit er um elf Uhr in Stuttgart ankam. Er wollte unbedingt pünktlich sein. Um die Kosten für ein Frühstück zu sparen, schmierte er sich einige Brote mit Butter und Aufschnitt und kochte frischen Kaffee, den er in der Thermoskanne mitnahm. Seiner Frau und seinen Kindern gegenüber begründete er die Fahrt mit einem Gespräch bei einem Verlag in Stuttgart.

Er war überpünktlich in Stuttgart. In der Nähe des Bahnhofs fand er einen kostenlosen Parkplatz. Hier lehnte er sich von der Fahrt erschöpft einige Minuten im Fahrersitz zurück, dann trank er ein Paar Schlucke des starken Filterkaffees und aß sein Frühstücksbrot. In Gedanken ging er noch einmal die augenblickliche Situation für die Finanzierung der vier Eigentumswohnungen durch. Er erinnerte sich noch, dass Paul senior ihm bei der Auszahlung der 40.000 Euro gesagt hatte, dass die Vertriebsgesellschaft dieses Geld aus dem Kaufpreis zurück an ihn, den Erwerber zahlte, weil einige Renovierungsarbeiten wie zum Beispiel das neue Bad und die Erneuerung der Fußböden von ihm selbst vorgenommen werden konnten. Das Geld sei also eine nachträgliche Rückerstattung für Leistungen, die der vorherige Eigentümer in Abstimmung mit dem Vertriebsbüro nicht durchgeführt hatte. Daran konnte er sich zwar erinnern, aber er hatte dieser Erklärung keine Bedeutung beigemessen. Diese Zahlung musste ja seinerzeit auch für eventuelle Rückfragen seitens des finanzierenden Geldinstituts einen Grund haben und dieser Grund erschien ihm realistisch und nachvollziehbar. Der Weg von seinem Parkplatz zur Hypothekenbank war einigermaßen recht lang. Aber die frische Luft tat ihm gut und brachte Sauerstoff in seine müden und von der Stimmungslage angegriffenen Gehirnzellen. Als er vor dem prunkvollen Bankgebäude stand, war er zwar beeindruckt, aber zum ersten Mal seit einigen Wochen sicher, dass die Sache eine positive Wendung nehmen würde. Warum sonst hätte die Bank ihn zu einem Gespräch eingeladen und ihre Hilfe bei der Lösung der Rückzahlungsschwierigkeiten angeboten? Das machten die doch nur, weil, ja, weil … Ja, warum machten die das? Ja, natürlich, weil sie ihm helfen wollten! Thomas Schmidbauer verdrängte die bösen Begriffe wie

Zwangsversteigerung, persönliche Inanspruchnahme, Gehaltspfändung, Privatinsolvenz, negative Schufa-Eintragungen, Verlust des Arbeitsplatzes. Das passierte doch immer nur anderen, aber ihm doch nicht. Für ihn waren die Herren Paul und die freundliche Bank, vor der er jetzt stand, die Partner, die sich seiner Probleme annehmen und ihm helfen würden, für ihn eine finanzielle finanziell gesicherte Zukunft wieder herzustellen.

„Guten Morgen, Herr Schmidbauer, hatten Sie eine gute Anreise?", fragte eine freundliche Sekretärin, als er nach zweimaliger Anmeldung endlich vor der Chefetage stand.

„Ja, danke. Alles ist bestens!", antwortete er ein klein wenig eingeschüchtert und beeindruckt vom Prunk und dem stabilen Mauerwerk, das dem Haus einen festen Stand zu geben schien.

„Dann nehmen Sie bitte noch einen kleinen Moment Platz. Herr Direktor Müller wird gleich Zeit für Sie haben!"

Der Moment dauerte rund fünfzehn Minuten, in denen Thomas Schmidbauer sich erst in dem Raum umsah und alle Details unter die Lupe nahm, dann die ausgelegten Hochglanzprospekte durchblätterte und zuletzt das Handelsblatt nahm, eine Zeitung, die er normalerweise nicht zu lesen pflegte. Die Zeit schlich um ihn herum, die freundliche Sekretärin tat so, als wäre sie alleine und er bedauerte, dass er ihr Angebot für einen frischen Kaffee abgelehnt hatte. Jetzt wollte er nicht mehr fragen. Endlich war die Wartezeit vorüber. Die Gegensprechanlage auf dem Schreibtisch der nicht mehr ganz jungen, aber tatsächlich sehr attraktiven Sekretärin meldete sich mit einem lauten Piepsen und forderte sie auf: „Herrn Schmidbauer, bitte!"

Das Chefzimmer war riesig groß, die hohen Fenster ließen viel Sonnenlicht herein und die holzgetäfelten Wände mit den riesigen Flächen, in denen die Porträts früherer Generationen gewaltig Eindruck ausstrahlten, vermittelten ein höchstes Maß an Seriosität. In der hinteren

Ecke stand der übergroße Schreibtisch des Bankdirektors und direkt neben der Tür, durch die Schmidbauer das Heiligtum betrat, standen riesige Sessel um einen Holztisch gruppiert. Direktor Müller hatte sich erhoben und ging auf seinen Gast zu, wobei seine Schritte durch den dicken Teppich so gedämpft wurden, dass sie nicht zu hören waren. Thomas Schmidbauer war erkennbar beeindruckt und er drückte seine alte Kollegmappe mit beiden Armen vor seine Brust. Direktor Müller lachte seinen Gast freundlich an, hielt ihm seine Hand zur Begrüßung entgegen und forderte ihn auf, in einem der riesigen Sessel Platz zu nehmen.

„Vielen Dank, dass Sie Zeit haben, sich mit uns zu unterhalten. Ich habe Herrn Steinmetz hinzu gebeten, der in unserem Hause für die Revision zuständig ist und mit Ihrem Engagement bestens vertraut ist. Darf ich Ihnen etwas anbieten, einen Kaffee, Tee oder Wasser?"

„Gerne einen Kaffee mit Milch, das wäre toll." Thomas Schmidbauer wollte sich auf keinen Fall einschüchtern lassen und war froh, dass er jetzt doch einen Kaffee ordern durfte.

Die attraktive Sekretärin, die an der Tür gewartet hatte, nahm die Bestellung schweigend zur Kenntnis und verschwand. Die Wünsche ihres Chefs waren ihr offensichtlich bekannt.

„Da haben Sie uns heute ja schönes Herbstwetter mit nach Stuttgart gebracht, die letzten Tage waren doch stark bewölkt und es hat zum Teil heftig geregnet. Sind Sie mit dem Wagen hier oder mit dem Zug?"

„Mit dem Wagen, da bin ich doch flexibler und kann gleich anschließend wieder zurück. Vielleicht kann ich dann zum Feierabend auch noch einmal kurz im Geschäft vorbeisehen. Ich habe immer den Eindruck, dass es ohne mich nicht geht. Das ist natürlich Quatsch. Aber Sie kennen die Angewohnheiten. Irgendwie fühle ich mich unentbehrlich." Thomas Schmidbauer redete und versuchte, sich gut zu präsentieren. Aber der Eindruck von Macht hatte ihn doch stärker beeindruckt, als er es sich selbst gegenüber zugab. Und seine Gestik und Sprache waren daher auch sehr gekünstelt. Und er ärgerte sich am meisten darüber, dass er es nicht beeinflussen konnte. Er hatte von seinen Eltern gelernt, Menschen, die dem eigenen Empfinden nach in der beruflichen, menschlichen, familiären oder irgendeiner anderen verdammten Hierarchie höher angesiedelt waren als er selbst, mit Respekt zu begegnen. Dieses Gefühl war bei ihm in Unterwürfigkeit umgeschlagen. Nach weiteren unverbindlichen Worten klopfte es an der Tür und ein mittelalter Mann mit leicht angegrauten Haaren, klein und schlank trat ein. Die dunkel geränderte Brille gab ihm das Aussehen eines strengen Lehrers. Thomas Schmidbauer fühlte sich durch sein Auftreten noch mehr verunsichert.

„Das ist Herr Steinmetz, der Leiter unserer internen Revisionsabteilung", stellte Direktor Müller den Ankömmling vor.

Der Kaffee wurde fast gleichzeitig mit der Ankunft von Herrn Steinmetz auf den Tisch gestellt, die Vorbereitungen waren damit abgeschlossen. Jetzt ging es in die Details.

„Herr Schmidbauer, Sie haben in einer Wohnanlage in Wuppertal vier Eigentumswohnungen erworben, die Sie alle über unser Haus finanziert haben. Können Sie mir zuerst einmal sagen, wieso Sie vier Eigentumswohnungen gekauft haben? Normalerweise erwirbt man doch nur eine Wohnung. Und … wer hat Ihnen den Kauf empfohlen und wer aus unserem Haus hat Sie beraten?"

„Es war eine Empfehlung von einem Bekannten aus unserem Schützenverein, der mich auf die Wohnanlage in Wuppertal aufmerksam gemacht hat und auf die Möglichkeit, dort günstig eine Wohnung zu erwerben." Thomas Schmidbauer hatte sich diese Aussage ausgedacht, weil er auf keinen Fall preisgeben wollte, dass er den Hinweis auf den Vertrieb Paul und Paul aus einer Zeitungsannonce hatte. Denn das hätte bedeutet, dass er zu der damaligen Zeit in finanziellen Nöten gewesen war.

„Er nannte mir auch den zuständigen Vertrieb, das Büro Paul und Paul. Dann habe ich dort angerufen und von dem Büro einen Prospekt erhalten mit einigen Musterbeispielen für die Finanzierung. Als ich dann mit Herrn Paul ein persönliches Gespräch in Düsseldorf geführt habe, hat er mir vorgerechnet, dass es egal wäre, ob ich eine oder vier Eigentumswohnungen kaufen würde. Da ich noch jung wäre, könnte ich die Anschaffung als zusätzliche Rentenanlage betrachten, die mir nach Rückzahlung der Finanzierung ein gutes zusätzliches Einkommen zu meiner Rente beschert. Damit hätte ich im Alter keine finanziellen Sorgen mehr und auch noch Werte, die ich an meine Frau und meine beiden Kinder vererben könnte. Das erschien mir sehr schlüssig und entsprach auch meinen eigenen Intentionen. So ist der Kontakt zustande gekommen." Thomas Schmidbauer wunderte sich, dass diese Erklärung so flüssig über seine Lippen gekommen war. Seine innere Überzeugung erleichterte ihm die Formulierung.

„Ist Ihnen hierbei nicht aufgefallen, dass die Kaufpreise für die Wohnungen exorbitant hoch waren? Schon der Kauf einer einzigen Wohnung setzt doch voraus, dass Sie eine zusätzliche monatliche Belastung haben, die Ihr verfügbares Einkommen drastisch vermindert?"

„Nein, mir lag ein Wertgutachten vor, das die Wohnungen noch höher bewertete als der Kaufpreis war. Außerdem habe ich in den Musterberechnungen, die mir die Herren Paul vorlegten, gelesen, dass ich durch die Steuerersparnis und durch die vorübergehende Zahlung der Mietdifferenz bis zu dem Zeitpunkt, an dem die Mieterhöhungen vertraglich geregelt wären, keine eigenen Leistungen aufzubringen hätte. Der Kauf finanzierte sich also ganz von alleine. Und das hat mich wirklich überzeugt, zumal ich sowieso über eine private Zusatzversicherung in Form einer privaten Rentenabsicherung nachgedacht hatte. Das war der Grund für meine Entscheidung, anstatt einer sofort vier Eigentumswohnungen zu erwerben."

Die beiden Banker sahen sich einen Augenblick an. Sie kannten diese Argumentation bereits aus anderen Gesprächen. Immer dasselbe, ein wortgewandter Vertriebsmitarbeiter zeigte unbedarften Kunden eine Geldanlage auf, die mit so vielen Unterstellungen und Annahmen verschönert war, dass sich aus einer unseriösen, unwirtschaftlichen Anlage eine Traumrendite errechnete, für die kein eigenes Geld aufzuwenden wäre. Die Unwissenheit der Kunden wurde und wird wahrscheinlich heute noch schamlos ausgenutzt. Die Herren Paul und Paul besaßen offensichtlich die Fähigkeit, Interessenten dieses konstruierte Modell der Geldanlage in Immobilien als zusätzliche private Rentenabsicherung schmackhaft zu machen.

„Ist Ihnen nicht der Gedanke gekommen, dass die Berechnung unrealistisch war, dass es doch gar nicht möglich sein konnte, solche Konditionen zu bekommen?", fragte Herr Steinmetz.

„Nein, denn ich hatte doch das Wertgutachten, eine Modellberechnung und eine Zusage der Bank, von Ihrer Bank, meine Herren. Das sind doch kundige Berater, denen ich glaubte. Ich bin sicher, dass auch Ihr Haus die Finanzierung intensiv geprüft hat und für genehmigungsfähig hielt. Hätten Sie sonst meinem Antrag entsprochen?" Thomas Schmidbauer fühlte sich plötzlich stark. Hatte er die Banker doch an einer vermeintlich schwachen Stelle erwischt.

„Grundsätzlich haben Sie recht, Herr Schmidbauer, aber zum ersten sind die uns eingereichten Unterlagen in einigen Positionen nicht der Wahrheit entsprechend und zum anderen haben wir den Verdacht, dass mit Ihrem Wissen eine sogenannte Überfinanzierung beantragt worden ist. Und bei dieser Manipulation haben Sie aktiv mitgeholfen. Ich unterstelle, dass Sie, Herr Schmidbauer, wissen, was das bedeutet!"

Das Gefühl der Stärke verließ Thomas Schmidbauer genauso schnell, wie es aufgekommen war. Er dachte kurz nach und überlegte, was diese Aussage für ihn bedeuten könnte.

„Was ist denn an den Unterlagen falsch und wie soll ich mitgewirkt haben? Ich habe doch mit keinem Mitarbeiter Ihrer Bank gesprochen. Das hat doch alles die Firma Paul und Paul für mich erledigt. Und was heißt ‚Überfinanzierung‘? Ich habe doch das Wertgutachten und Ihre Kreditzusage. Was werfen Sie mir hier vor?" Thomas Schmidbauer war erkennbar erregt. Er hatte plötzlich Angst, dass er im Verdacht stand, unrecht getan zu haben. Dabei hatten doch Paul und Paul alles für ihn erledigt. Warum wurden ihm hier Vorwürfe gemacht?

Die Banker nippten an ihrem Kaffee und es herrschte einige Sekunden Ruhe im Raum. Ruhe, die Thomas Schmidbauer an den Rand einer Panikattacke brachte und die auf der anderen Seite als Druckmittel genutzt wurde. Die Rollen waren klar verteilt. Die Banker wollten noch mehr Informationen aus ihrem Gesprächspartner herauslocken und Thomas Schmidbauer erfasste mehr und mehr die Gewissheit, dass hinter seinem Rücken oder – präziser ausgedrückt unter Ausnutzung seiner Unwissenheit in finanziellen Angelegenheiten, Dinge abgewickelt worden waren, die ihm jetzt zur Last gelegt wurden. Die künstliche Pause zeigte ihre Wirkung.

„Haben Sie denn schon mal mit Paul und Paul gesprochen? Die haben doch alles organisiert und gemacht. Dafür können Sie mich doch nicht verantwortlich machen, wenn Ihre Bank Dinge gemacht hat, die wohl nicht korrekt waren." Thomas Schmidbauer war erregt aufgesprungen. „Was wollen Sie von mir, Sie wollten doch mit mir eine Lösung für die Probleme bei der Finanzierung der vier Eigentumswohnungen finden. Wenn die Mietdifferenzzahlungen ausbleiben, dann kann ich die Raten nicht mehr zahlen ..." Die Sprache versagte ihm. Thomas Schmidbauer sank auf seinen Sessel zurück.

Wieder tauschten die beiden Banker einen wissenden Blick aus. Direktor Müller übernahm die Gesprächsführung. „Selbstverständlich wollen wir Ihnen helfen. Aber dafür müssen wir wissen, was mit der

Finanzierung gewollt war. Wir sind, auch nach Gesprächen mit anderen Kunden, die in Wuppertal gekauft haben, der Überzeugung, dass es nicht möglich ist, mit Investitionen in dieser Wohnanlage Geld für die Zeit nach dem Berufsleben anzusammeln. Dagegen sprechen zu viele negative Faktoren, die Lage, der Kaufpreis, die Art der Finanzierung, die monatliche Unterdeckung, vor allem aber auch die Mietdifferenzzahlungen und andere. Wir sind der Meinung, dass der Vertrieb Paul und Paul Käufer wie Sie benutzt hat, die Eigentumswohnungen dieser Wohnanlage schnellstmöglich und mit größtem Profit zu platzieren. Und das, ohne auf persönliche Präferenzen der Käufer Rücksicht zu nehmen. Wir glauben, dass Sie, wie auch die anderen Käufer, benutzt worden sind. Und das erweckt in uns den Verdacht der betrügerischen Manipulation, an der Sie, Herr Schmidbauer, beteiligt waren!"

Pause! Diese war lang genug, dass sich die Information in die Vorstellung von Thomas Schmidbauer einfräsen konnte. Direktor Müller fuhr nach einigen Sekunden fort: „Andere Käufer von Eigentumswohnungen in der Wohnanlage Wuppertal haben uns so wie Sie berichtet, dass die Herren Paul und Paul alle Formalitäten im Zusammenhang mit der Finanzierung übernommen haben. Sie haben uns auch berichtet, dass sie für die Nichterfüllung einiger Renovierungen Geld erstattet erhielten. In einem Fall sollten die Bäder saniert werden, in einem anderen Fall sollte die Einbauküche ausgetauscht werden. Da das aber nicht seitens des Verkäufers vor dem Kaufvertragstermin gemacht worden war, aus welchem Grund auch immer, haben die Käufer Beträge zurückerhalten. Mal waren das 10.000 Euro in einem anderen Fall auch mehr. Das war nur möglich, wenn die Käufer darüber stillschwiegen. Denn von Rechts wegen mussten sie die finanzierende Bank über diese Abweichung der Vereinbarung informieren. Wir wissen in der Zwischenzeit, dass die Rückzahlungen in keinem Fall für die Sanierung innerhalb der Wohnungen genutzt wurden. Haben Sie, Herr Schmidbauer, die Rückzahlung denn für eine Sanierungsmaßnahme genutzt und wenn ja, was haben Sie saniert?"

Thomas Schmidbauer erkannte die Fangfrage, er wusste jedoch aufgrund seiner Erregung nicht, wie er die Frage beantworten konnte. Kannten die Gesprächspartner tatsächlich diese Details oder bluffen sie? Er zögerte, ungeordnete Gedanken gingen durch seinen Kopf, was sollte er antworten?

„Ich habe in den Wohnungen keine Sanierungen durchgeführt. Laut dem Gutachten dieses Düsseldorfer Architekten war doch alles in bester Ordnung."

„Wir wissen, dass Sie keine Sanierungsarbeiten in den vier Eigentumswohnungen durchgeführt haben. Nur bitte, was haben Sie mit dem Geld gemacht, das Ihnen die Herren Paul zurückgegeben haben?", wiederholte Direktor Müller seine Frage und Herr Steinmetz richtete sich in Erwartung der Antwort in seinem Sessel auf.

Thomas Schmidbauer war völlig verunsichert. Wussten die Banker etwas von dem Geld? Wer hatte es ihnen gesagt, warum wollten sie das wissen? Was konnte ihm passieren, wenn er zugab, Geld zurückbekommen zu haben? Hatten andere Kunden tatsächlich diese Aussagen gemacht oder war das nur eine Vermutung? Er wusste nicht mehr, was er antworten sollte. Also suchte er wieder eine Antwort, die an der Frage vorbeiging.

„Ich habe in den Wohnungen nichts sanieren lassen, denn alles war in Ordnung. Und das Geld aus der Finanzierung ist doch als Kaufpreis an den Verkäufer geflossen. Das war doch im Kaufvertrag so vereinbart!"

„Ja, das ist richtig. Der Verkäufer, die Firma ImRe Immobilie und Rente GmbH aus Düsseldorf, hat für die vier Eigentumswohnungen einen Ablösebetrag von 360.000 Euro plus vier Mal 5.000 Euro für die Stellplätze, also insgesamt 380.000 Euro erhalten. Wir als finanzierendes Kreditinstitut haben aber 585.000 Euro plus vier Mal 5.000 Euro für die Stellplätze, insgesamt also 605.000 Euro ausgezahlt. Sie wollen mir doch nicht sagen, dass der Vertrieb Paul und Paul für die Vermittlung der vier Eigentumswohnungen eine Provision von 225.000 Euro bekommen hat. Für solche Vermittlungen werden normalerweise zwischen 5 und 10 % Vermittlungsprovision, also bei 605.000 Euro Kaufpreis alles in allem höchstens 60.500 Euro Provision gezahlt. Der Vertrieb Paul und Paul hat also so fast das Vierfache der normalen Provision erhalten. Und zum anderen fragen wir uns natürlich auch, warum der Verkäufer mit einer Ablösung von 380.000 Euro zufrieden ist, wenn er anhand der Kauf- verträge sieht, was der Vertrieb tatsächlich erzielt. Kommt Ihnen das nicht auch merkwürdig vor?"

„Wir haben die Beträge, die der Verkäufer der Wohnanlage und der Vertrieb Paul und Paul an diesem Geschäft verdient haben, einmal, soweit uns das möglich ist, aufgeschlüsselt." Müller knallte dem verstör- ten Schmidbauer ein Blatt mit Zahlen auf den Tisch. „Können Sie sich vorstellen, dass der Verkäufer und der Vertrieb insgesamt fast sieben Millionen Euro brutto an dieser einen Wohnanlage verdient haben, nach- dem alle Rückerstattungen, Provisionen und sonstige Kosten bereits abgezogen sind? Ja, können Sie das? Ich glaube, das sprengt Ihre Vorstellungskraft, Herr Schmidbauer. Diesen abgewichsten Firmen sind Sie doch gar nicht gewachsen, die haben Sie doch über den Tisch gezo- gen." Müller verlor seine Beherrschung.

Thomas Schmidbauer starrte regungslos auf die zwei Seiten einer inter- nen Ausarbeitung, die jetzt vor ihm lag, ohne Verständnis. Natürlich hatte er keine Erfahrung mit dem Spiel der Zahlen und den genannten Margen und außerdem war er wütend und wurde immer nervöser. Seine vibrierenden Nerven verhinderten, dass er die Zahlen verstand, das Ergebnis einordnen und Rückschlüsse ziehen konnte. Er fühlte sich plötzlich panisch, ganz entsetzlich panisch.

„Davon verstehe ich nichts. Ich bin kein Banker. Ich verstehe nicht, was Sie von mir wollen."

<u>Interne Schätzung für Bauvorhaben Wuppertal streng vertraulich</u>

<u>Gewinnkalkulation ImRe Immobilien und Rente GmbH Objekt</u>
<u>Wuppertal</u>

Einkauf der Immobilie + Parkplätze	2.580.000 Euro
Vorfinanzierung Bürokosten*)	350.000 Euro
gesamt	2.930.000 Euro
Anteil pro qm Wohnfläche (6.450)	454 Euro
Verkauf an Vertrieb Paul und Paul	5.805.000 Euro
zzgl. Erfolgsprovision	400.000 Euro
gesamt	6.205.000 Euro
Anteil pro qm Wohnfläche (6.450)	962 Euro
Bruttogewinn	3.275.000 Euro
Anteil pro qm Wohnfläche (6.450)	ca. 510 Euro

*) Erfolgsprovision kam nicht zum Tragen, da Vertrag von ImRe GmbH
zurückgenommen wurde

Gewinnkalkulation Vertrieb Paul und Paul Objekt Wuppertal

Verkauf Euro 1.950,00/qm	12.577,500 Euro
zzgl. Stellplätze für 96 Whg.	480.000 Euro
gesamt	13.057.500 Euro
abzgl. 150,00 Euro/qm an Erwerber**)	976.500 Euro
abzgl. 150,00 Euro/qm Vertriebsprov.	976.500 Euro
abzgl. 50,00 Euro Prov. Mitarbeiter Banken	322.500 Euro
abzgl. Notar u. a. Kosten 100,00 Euro	645.000 Euro
abzgl. Wertgutachten 3.000,00 Euro Einheit	288.000 Euro
abzgl. Kaufpreis an ImRe GmbH	6.205.000 Euro
	3.662.000 Euro
Gewinn pro Quadratmeter (6.450)	ca. 565 Euro

Bruttogewinn	3.662.000 Euro
Anteil pro qm Wohnfläche (6.450)	ca. 565 Euro

**Rückerstattung Erwerber/qm, wurde aber nicht an allen Käufen erstattet

Und jetzt startete Herr Steinmetz, nicht zuletzt auch, um seinem Chef die Möglichkeit zu geben, sich wieder zu beruhigen, einen Versuchsballon.

„Wir haben festgestellt, dass das Eigenkapital für Ihre Finanzierung, immerhin fast 60.000 Euro, von dem Vertriebsbüro Paul und Paul gezahlt worden ist. Wir wissen, dass Sie zum Zeitpunkt der Finanzierung nicht über entsprechende Barmittel verfügt haben!"

‚Woher wissen die das? Haben Paul und Paul das gesagt? Woher weiß die Bank, dass ich kein Geld hatte? Wissen die das wirklich oder vermuten die das bloß?' Die Fragen gingen Thomas Schmidbauer nicht nur durch den Kopf, sie zeichneten sich auch auf seinem Gesicht ab. Die beiden Banker sahen, dass die Frage ins Schwarze getroffen hatte. Jetzt mussten sie nachlegen.

„Herr Schmidbauer, wir haben bereits veranlasst, dass uns der Zahlungsweg Ihres Eigenkapitals offengelegt wird und wir haben bei Ihrer Hausbank in Kaarst eine ausführliche Bankauskunft über Sie angefordert. In den nächsten Tagen werden wir erfahren, woher das Geld stammte, mit dem Sie die vier Eigentumswohnungen angezahlt haben. Wir wissen aber schon, dass in Ihrer Schufa-Auskunft einige Merkmale stehen, aufgrund derer wir den seinerzeitigen Finanzierungswunsch normalerweise nicht hätten genehmigen dürfen. Wir möchten Ihnen ja helfen, aber wenn wir nicht die ganze Geschichte kennen, ist es unmöglich, Ihre Situation zu beurteilen."

Thomas Schmidbauer sank in seinem Sessel zurück. Um Zeit zu gewinnen, bat er um eine weitere Tasse Kaffee, die Herr Steinmetz bei der Sekretärin im Vorzimmer bestellte. Das gab Thomas Schmidbauer ein klein wenig Ruhe und Zeit, sich zu konzentrieren. Aber auch diese Bedenkzeit erbrachte keine Lösung. Thomas Schmidbauer war bereit, da ihm nichts einfiel, was zu seiner Rettung gesagt werden konnte, die Karten und seine wirkliche Lage offenzulegen.

„Ja, das Geld stammt von Paul und Paul, die haben das Eigenkapital gestellt, die Notarkosten und die anderen Kosten bezahlt und haben mir darüber hinaus noch 40.000 Euro bar gegeben. Ich brauchte dieses Geld vor zwei Jahren für eine private finanzielle Überbrückung. So war das!"

„Sie waren sich bewusst, dass Sie das Darlehen nicht zurückzahlen konnten?", peitschte die Frage von Direktor Müller hinterher, emotionslos, hart und daher umso verletzender.

„Doch, ich wollte das Darlehen zurückzahlen, die Wohnungen sollten doch meine zusätzliche Rente später sein. Und wenn die Mieten eingehen und die Mietdifferenz von dem Zwischenvermieter gezahlt wird, dann geht das auch!"

Die beiden Banker sahen sich an und begriffen, dass ihr Kunde Schmidbauer die Situation immer noch nicht verstanden hatte, in die er durch die Vermittlung und angebliche Hilfe der Herren Paul und Paul geraten war. Und jetzt glaubten sie ihm sogar, dass er so in seinen Hoffnungen versponnen war, dass ihm ein Umdenken und Verstehen gar nicht möglich war. Mitleid konnten sie möglicherweise empfinden, sich aber zur Rettung ihrer eigenen Haut nicht leisten.

„Herr Schmidbauer", begann Herr Steinmetz, „um es auf den Punkt zu bringen: Die Herren Paul und Paul haben mithilfe der Wohnanlage in Wuppertal ein System geschaffen, das Ihnen einerseits einen wahrscheinlich ansehnlichen Geldbetrag beschafft hat. Andererseits sind Sie Eigentümer von minderwertigen Eigentumswohnungen geworden, deren tatsächlicher Wert nicht einmal die Hälfte dessen ausmacht, was Sie dafür bezahlt haben. Und um das zu realisieren, sind Sie in ein Machwerk einbezogen worden, das kriminell und betrügerisch war. Sie haben tatsächlich an einem Betrug teilgenommen. Denn die Handlung hat Ihnen Bargeld, also einen finanziellen Vorteil verschafft."

Herr Steinmetz, seriös, in dunklem Anzug mit weißem Hemd, ordentlich rasiert und mit gegelten Haaren nahm die Akte von Thomas

Schmidbauer hoch und ließ sie mit einem lauten Klatschen auf den Tisch fallen als hörbaren Schlusspunkt einer Anklage.

„Sie wollten mir doch helfen, haben Sie gesagt", flüsterte Thomas Schmidbauer, in sich zusammengesunken, den Blick gesenkt. Seine Gedanken schweiften ab, ganz weit weg, waren nicht zu fassen und ergaben alle keinen Sinn. Er brauchte tatsächlich einige Minuten, um sich zurückzuerinnern, an die Bank und seine beiden Gesprächspartner.

„Selbstverständlich wollten wir Ihnen helfen, Herr Schmidbauer. Aber da war uns nicht klar, dass Sie ja tatsächlich an einem Betrug zu unseren Lasten beteiligt waren. Ohne Ihre aktive Mitarbeit hätten die Herren Paul uns nicht hinters Licht führen können. Wir sind bewusst getäuscht worden und haben durch Sie einen beachtlichen Verlust erlitten, während Sie Bargeld in Höhe von 40.000 Euro plus weitere Gelder für Eigenkapital und Kaufnebenkosten erhalten haben. Bitte verstehen Sie, dass wir Kunden, die uns betrügen, nicht auch noch beraten. Sie werden in den nächsten Tagen eine eingeschriebene Darlehenskündigung erhalten für das Gesamtdarlehen bei uns. Die ausgewiesene Restschuld ist dann in einem angemessenen Zeitraum von vier Wochen zurückzuzahlen. Gleichzeitig werden wir über unsere Rechtsabteilung prüfen lassen, ob wir eine Klage gegen die Herren Paul und in dem Zusammenhang auch gegen Sie einreichen. Gewiss wird Ihnen unsere Rechtsabteilung jedoch den Streit erklären. Ihre Anschrift ist immer noch in Kaarst, so wie im Antrag vermerkt?"

„Ja."

„Gut, Herr Schmidbauer. Dann werden wir das Gespräch an dieser Stelle beenden. Sie werden kurzfristig von uns hören. Wir danken für Ihren Besuch und wünschen Ihnen eine gute Heimfahrt."

Direktor Müller beendete das Gespräch, nicht mehr jovial und freundlich, sondern aufgrund des Ergebnisses emotionslos und distanziert. Als er mit seinem Mitarbeiter Steinmetz alleine war, platzte ihm im wahrsten

Sinne des Wortes der Kragen. „Ich kann nicht verstehen, dass sich unsere Mitarbeiter von schmierigen Vertriebsleuten einwickeln lassen und gegen eine Zahlung von wenigen Prozenten ihren Anstand und ihre unserem Haus gegenüber erwartete Loyalität vergessen. Das ist eine Unverschämtheit. Sorgen Sie dafür, dass die betreffenden Mitarbeiter sofort suspendiert und unter Androhung von Regressansprüchen entlassen werden."

Steinmetz, der Revisor, wandte ein, dass es sich bei den ‚kleinen Provisionen' alleine im Falle Schmidbauer um tatsächlich eine Summe von ca. 15.000 Euro gehandelt haben muss, was für Kreditsachbearbeiter dem Dreifachen ihres normalen Monatslohns entspreche. Aber Direktor Müller wischte diesen Einwand vom Tisch. „Ich will die betreffenden Mitarbeiter nicht mehr im Hause sehen. Sie regeln das! Morgen erwarte ich Mitteilung, dass die Personalabteilung die notwendigen Schritte in die Wege geleitet hat. Haben wir uns verstanden?"

„Erlauben Sie mir die Anmerkung, dass wir nicht nur im Bereich der Finanzierung von Immobilien für Privatkunden, sondern auch bei der Finanzierung von Bauträgermaßnahmen einige Vorfälle haben, bei denen vermutlich ebenfalls erhebliche Provisionszahlungen an Mitarbeiter unseres Hauses geflossen sind. Wir haben einige Ungereimtheiten aufgedeckt, sind aber mit unseren Recherchen noch nicht fertig. Sie wissen, Herr Müller, das Fingerspitzengefühl spielt hier eine wichtige Rolle. Und bedenken Sie bitte bei allen Entscheidungen, die Sie natürlich treffen müssen, welche Summen an Provisionen bei der Platzierung von geschlossenen Immobilienfonds und deren Anteilsfinanzierungen auch an unser Haus und seine Mitarbeiter geflossen sind." Steinmetz wählte seine Worte mit großem Bedacht, wusste er sehr genau, dass dies ein Thema war, auf das alle Mitarbeiter, insbesondere aber die Vorstandsetage, äußerst sensibel und zum großen Teil auch sehr persönlich betroffen reagierten. Er beobachtete daher die Reaktion seines Chefs sehr sorgfältig. Direktor Müller wandte sich seinem Schreibtisch zu. Nach einigen Sekunden antwortete er: „Ja, vielleicht haben Sie recht und wir sollten unseren Ärger erst einmal überschlafen. Sprechen Sie mich bitte morgen Nachmittag um siebzehn Uhr noch einmal an. Vielen Dank!" Mit diesen Worten war der Revisor entlassen.

Thomas Schmidbauer kam erst auf der Straße vor dem Bankgebäude wieder zu Sinnen. Er stand einen Moment in Gedanken versunken, dann sah er noch einmal an der Fassade hoch. Massive Mauern, dunkelgrau, große Fenster, in die niemand hineinblicken konnte. Am Eingang rechts und links massive Säulen. Der Name der Hypothekenbank in riesigen Buchstaben über der schweren Glastür. Menschen gingen über den Bürgersteig an der Fassade vorbei. Und Thomas Schmidbauer stand wie im Traum alleine, nicht in der Lage, einen Gedanken zu fassen. ‚Das muss ein Traum sein, das kann nicht sein, warum ist alles gegen mich, warum habe ich kein Glück? Wie soll ich das Sabine erzählen, ich brauche gar nicht mehr nach Hause zu fahren, ich kann nichts mehr bezahlen, was ist mit den Freunden im Schützen- und Fußballverein, die Arbeit verliere ich, wenn mein Gehalt gepfändet wird, wenn das Haus versteigert wird?‘ Wie Einschüsse prasselten alle diese Gedanken in ihrer unbarmherzigen Brutalität in sein Gehirn. Die Einschläge schmerzten regelrecht und es wurde vor seinen Augen schwarz, es kündigte sich eine Ohnmacht an. Aber dagegen wehrte er sich mit aller Kraft und einem enormen Willen. Schwindelig war ihm, aber er öffnete den schwarzen Vorhang wieder, der sein Blickfeld einzuengen versuchte. Langsam und völlig in sich gekehrt machte er unsichere Schritte und entfernte sich von dem grauen Gebäude, das seinen Körper zu erdrücken drohte. Ein paar Straßen weiter, nachdem er zweimal eine rote Fußgängerampel übersehen hatte und beinahe in den fließenden Verkehr getreten war und nur dank der Rufe anderer Passanten zurückgehalten worden war, bevor Schlimmes passierte, sah er ein Bistro und entschied, dort einen weiteren Kaffee zu trinken. Er setzte sich an einen der beiden kleinen Bistrotische und nahm seine Unterlagen aus der Tasche. Dann versuchte er, sich konzentriert an das zu erinnern, was die beiden Banker ihm gesagt hatten. Aber ihm war nur in Erinnerung, dass er eine Kündigung für das Darlehen bekommen würde und vier Wochen Zeit. Und vielleicht eine Strafanzeige im Zusammenhang mit der Firma Paul und Paul. Die waren doch die Verbrecher, die ihn reingelegt hatten, die hatten ihm falsche Versprechungen gemacht, die Zusagen nicht eingehalten, meldeten sich jetzt nicht und die Mietdifferenz blieb aus. Die haben das alles gewusst und ihn reingelegt und dabei 100.000 Euro verdient, wenn nicht noch viel mehr. Alles zu seinen Lasten. Jetzt kümmerte sich niemand um ihn, er hatte keinen Ansprechpartner, niemanden, an den er sich wenden konnte, niemanden, zu dem er Vertrauen hatte, seine Scham wurde im gleichen Ausmaß größer und größer, wie sich seine Wut auf die beiden Herren Paul steigerte. Wenn er seine Gedanken unkontrolliert ließ, dann sah er seine Freunde und die Familienmitglieder, wie sie über ihn lästerten und sich lustig machten, wenn er nach und nach sein Ansehen und seine Ehre verlor, seinen Job in der Buchhandlung, seine Eigentumswohnungen, sein Haus, seine Familie und und und. ...

Er brachte nur die Worte ‚Kündigung' und ‚Anzeige' auf das ansonsten leere Blatt Papier vor sich, alles andere entwickelte sich in seinem Kopf und wuchs in Sekundenbruchteilen zu einer Lawine heran, die er nicht aufhalten konnte. Er verlor sich in den unzähligen Variationen des Ungewissen, während er hilflos am Bistrotisch saß und vor ich hinstarrte. Sein Kaffee wurde kalt und die Verkäuferin, ein nettes junges Mädchen, blickte ihn bereits seit einigen Minuten immer wieder einmal beunruhigt an. Er schien wirklich kurz vor einem Zusammenbruch zu sein. Die Minuten vergingen und sein Aufenthalt dauerte schon mehr als eine Stunde, bis er einem körperlichen Bedürfnis folgend die Toilette aufsuchen musste. Dort wusch er sich die Hände, erfrischte sein Gesicht mit kaltem Wasser und fand langsam wieder in die Gegenwart zurück. Zurück am Tisch trank er den letzten Schluck kalten Kaffee, packte seine Unterlagen zusammen und verließ das Bistro. Er musste ernsthaft nachdenken, wie er zurück zu seinem Fahrzeug gehen musste, und erinnerte sich nur mit Mühe an den Weg. Dann ging er langsam zurück zu seinem Parkplatz. Er empfand keine Eile, zurück nach Kaarst zu kommen. Was sollte er erzählen, was würde ihn erwarten, welche Ausreden hatte er, um das, was er erfahren hatte und das, was jetzt auf ihn zukommen würde, anderen, insbesondere seiner Sabine, zu erklären? Die Fahrt würde aufgrund des einsetzenden Feierabendverkehrs einige Stunden länger dauern und die Zeit wollte er nutzen, um seine Gedanken zu beruhigen, zu sortieren und sich vielleicht eine Lösung einfallen zu lassen. Eine Lösung fiel ihm aber nicht ein während der Rückfahrt. Zwei Mal entging er nur knapp einem Unfall, weil er wie in Trance unaufmerksam am Steuer saß.

XIV

Es war Zufall, dass die Herren Paul und Paul den Geschäftsführer der ImRe Immobilie und Rente GmbH in Wuppertal trafen. Anlass war die Jahresversammlung der Eigentümer der Wohnanlage zur Verabschiedung der Wohngeldabrechnung für das vergangene Jahr. Es waren von den insgesamt sechsunddreißig Eigentümern nur achtzehn Eigentümer anwesend und die Stimmung war angespannt. Die Nebenkosten waren um ein Mehrfaches höher als erwartet und die Zahlungen für die Mietgarantien waren vollständig ausgefallen, sodass sich für alle anwesenden Eigentümer ein dickes Minus aus ihrer Kapitalanlage rechnete. Paul junior sah Konrad Wenczowsky als Erstes und ging auf ihn zu.

„Hallo, Herr Wenczowsky, was veranlasst Sie, unsere Eigentümerversammlung zu besuchen? Ihr Haus hat doch kein Eigentum mehr in Wuppertal dank eines erfolgreichen Vertriebs, oder?"

„Das sagen Sie. Wir mussten aber von einem Käufer drei Wohnungen zurücknehmen, weil es eine persönliche Verbindung zwischen unserem Herrn Großkreuz und dem seinerzeitigen Käufer gab. Und dieser Verpflichtung konnten wir uns nicht entziehen. Und so haben wir wieder drei Eigentumswohnungen in der Anlage."

„Herzlichen Glückwunsch! Und verkauft haben Sie die noch nicht wieder? Sie kennen die Probleme, die wir haben, und ich kann nur empfehlen, sich schnell von diesen Wohnungen zu trennen."

Wenczowsky stöhnte auf und verdrehte die Augen. „Ja, ich habe gehört, dass die Banken versuchen, einen Betrug nachzuweisen. Haben Sie schon neue Details gehört?"

Jetzt stöhnte Paul junior auf. „Ja, angeblich soll eine Klage gegen uns in Vorbereitung sein. Aber wir machen uns keine Sorgen. Denn die Banken, die finanziert haben, stecken selbst in der Sache drin. Immerhin haben deren Mitarbeiter an den Finanzierungen mitverdient. Wir machen uns da keine Gedanken."

In diesem Moment betrat der Verwalter der Wohnanlage den Versammlungsraum. Ein junger Mann, mit öligen Haaren und von der Sonnenbank gebräunt. Der Anzug war erkennbar maßgeschneidert. Er trug deutlich sichtbar eine Armbanduhr von Rolex. Wenczowsky hätte gewettet, dass vor der Tür ein sportlich getunter BMW oder ein Porsche stand. Paul junior ging mit dem Verwalter zur Seite, um flüsternd einige Details im Vorfeld zu besprechen. Wenczowsky ging im kleinen Sitzungsraum umher und versuchte, einiges von den Gesprächen, die zwischen den Anwesenden geführt wurden, mitzuhören. Es waren zumeist nur Wortfetzen, die er mitbekam. „Das ist alles eine Unverschämtheit …" oder „… angeblich soll gegen den Vertrieb bereits eine Betrugsanzeige vorliegen …" oder „… das lasse ich mir nicht gefallen, ich weiß nicht mehr, wie ich die Belastung zahlen soll …" oder „… meine Mieter haben bis heute noch keine Miete gezahlt und die Mietdifferenz kommt auch nicht mehr …" und „… ich werde eine Interessengemeinschaft beauftragen, die die Kaufverträge rückabwickelt, einen Anwalt habe ich schon …"

‚Hier ist ja eine Menge Zündstoff vorhanden‘, dachte Wenczowsky und blickte sich weiter im Raum um. Dabei sah er einen etwa vierzig Jahre alten Mann in einer dunkelblauen Jeans mit einem klein karierten Hemd, fettigen Haaren und einem Dreitagebart, der alleine an die Wand gelehnt unbeteiligt vor sich hin starrte. Seine hellblauen Augen blickten leer und über seinem rechten Arm hing eine für die Jahreszeit viel zu warme Jacke. Ob das auch einer der Eigentümer war oder jemand, der hoffte, durch seine Anwesenheit eine Tasse Kaffee oder etwas anderes zu trinken zu bekommen? ‚Ein richtig armes Schwein‘, dachte Wenczowsky und wandte sich zur Toilette. Als er zurückkam, hatte der Hausverwalter auf dem erhöhten Podium Platz genommen und seine Unterlagen auf einem Tisch ausgebreitet. Er klopfte an das Mikrofon, um zu testen, ob es eingeschaltet war. Das ‚Pock, Pock, Pock‘ aus den Lautsprechern war wie das freundliche Klingeln im Theater und alle im Raum, es waren nur zwei Frauen darunter, suchten sich, immer noch in ihre Gespräche vertieft, Sitzplätze.

„Meine Damen und Herren, darf ich um Ruhe bitten?“, begann der Hausverwalter, der sich dann auch vorstellte.

„Mein Name ist Rosenkranz, ich komme aus Stuttgart und bin der Verwalter der Wohnanlage in Wuppertal, in der Sie Eigentum haben. Dies ist unsere erste Versammlung, was daran liegt, dass in den letzten Monaten viele ungeordnete Dinge geregelt und Unterlagen zusammengestellt und die Mietverwaltung organisatorisch aufgestellt werden mussten. Der Zustand der Immobilie ist erst einmal von uns aufgenommen und begutachtet worden. Hierbei hat uns das Büro Paul und Paul, das sich um die Platzierung der einzelnen Wohnungen gekümmert und viele verwaltungstechnische Arbeiten in der Übergangszeit erledigt hat, dankenswerterweise unterstützt. Heute haben wir die erste Jahresabrechnung fertiggestellt und können Ihnen das Ergebnis präsentieren. Meine junge Kollegin wird Ihnen jetzt eine Mappe aushändigen, in der die für Ihre Unterlagen relevanten Daten zusammengefasst sind. Dazu wird sie die Namen der jeweiligen Eigentümer aufrufen. Bitte, Frau Grünwald.“

Es dauerte nicht lange und fast alle Eigentümer im Raum hielten ihre Dokumentation in Händen. Herr Rosenkranz begann in aller Ausführlichkeit und schönen Worten seine Arbeit zu beschreiben, die ihn überraschend viel Zeit gekostet hätte, da alles von Grund auf neu gemacht werden musste. Sein Vortrag war ermüdend, weil auch ohne Betonung heruntergebetet. Nach über einer Stunde erst, während der die Zuhörer schweigend gewartet hatten, sprach Rosenkranz die brisanten Themen an.

„Leider muss ich Ihnen auch mitteilen, dass die hochgerechneten Mietnebenkosten, die von Ihnen in dem bisherigen Zeitraum oder besser, seit der Eigentumsumschreibung auf Sie gezahlt worden sind, nicht mit den tatsächlich angefallenen Kosten korrespondieren. Es gab eine doch beachtliche Lücke, die sich insgesamt bei den umlagefähigen Kosten auf 65.910,45 Euro beläuft. Dieser Betrag auf den Quadratmeter heruntergebrochen macht einen Betrag von 0,85 Euro pro Monat pro Quadratmeter aus. Die Zusammensetzung dieses Betrags können Sie im Detail der Ihnen vorliegenden Aufstellung entnehmen. Zur Kontrolle habe ich die zugrunde liegenden Abrechnungen für Sie kopiert. Die ausgewiesenen und für die einzelnen Eigentümer nachzuzahlenden Beträge sind innerhalb der nächsten vier Wochen auf das Ihnen bekannte Konto unserer Verwaltung zu überweisen. Für das neue Jahr der Hausverwaltung schlage ich vor, dass wir das Hausgeld in unserem heutigen Treffen um 1,00 Euro pro Quadratmeter Wohnfläche einvernehmlich erhöhen. Darf ich um Handzeichen bitten, wer mit diesem Vorschlag einverstanden ist?"

Erst herrschte eisige Ruhe im Raum, dann begann ein leises Murmeln und schließlich sprachen alle erregt durcheinander und einige der Eigentümer standen auf und beschimpften den Hausverwalter lautstark. Rosenkranz konnte die Stimmung nicht einfangen, so sehr er sich auch bemühte. Nach einigen Minuten stand er auf und nahm das Mikrofon aus dem Tischstativ heraus in die Hand.

„Meine Damen und Herren, bewahren Sie Ruhe. Ich schlage vor, dass ich jetzt mit meinem Bericht fortfahre und erst, wenn wir alle Tagesordnungspunkte besprochen haben, die einzelnen Themen zur Abstimmung bringe. Sind Sie damit einverstanden?"

Ganz langsam trat Ruhe ein. Nach weiteren Minuten wartete Rosenkranz mit der nächsten Hiobsbotschaft auf.

„Wie Sie aus unserem letzten Schreiben bereits wissen, hat die Gesellschaft, die für die Mietenverwaltung zuständig war, Konkurs angemeldet. Das bedeutet zum einen, dass die Mieter umgehend von Ihnen aufgefordert werden müssen, wenn das nicht schon geschehen ist, die Mieten nicht mehr an diese Gesellschaft zu zahlen, sondern auf eines Ihrer privaten Konten. Zum anderen bedeutet es aber auch, dass die Differenz bis zur Höhe der Ihnen vertraglich zugesicherten monatlichen Miethöhe nicht mehr fließt. Da aber die Kosten für Ihre Finanzierung und die Mietnebenkosten weiter pünktlich zu entrichten sind, müssen Sie diese Zahlungen, das heißt, Mieten der Mieter und insbesondere die Mietdifferenz, die Sie bisher von der Mietverwaltung zusätzlich erhalten haben, aus eigener Tasche weiterzahlen, bis die Angelegenheit geregelt ist."

Wieder begann im Raum ein Murmeln, doch Rosenkranz fuhr ohne Unterbrechung mit leicht erhobener Stimme fort und hielt so das Interesse aufrecht.

„Aufgrund der Schwierigkeiten, die in der Wohnanlage Wuppertal erkennbar geworden sind, hauptsächlich aber, weil die Verwaltung mit unglaublichem Engagement damit beschäftigt war, die organisatorischen Voraussetzungen trotz aller widriger Umstände zu leisten, kommen wir nicht umhin, für die Fortführung der Hausverwaltung unsere monatliche Verwalterpauschale von 25 Euro pro Wohneinheit auf 36 Euro pro Wohneinheit und pro Monat zu erhöhen. Damit liegen wir immer noch innerhalb der vom Verband der Hausverwalter festgelegten Bandbreite. Meine Damen und Herren, jetzt bleiben zum Schluss nur noch die Wahl eines Rechnungsprüfers und die Wahl eines Beirats für die Eigentümergemeinschaft … und natürlich die Abstimmung über die von mir dargelegten Beschlüsse. Selbstverständlich können wir gerne noch einmal über jeden einzelnen Sachverhalt diskutieren. Stellen Sie bitte Ihre Fragen!"

Alle Anwesenden fragten gleichzeitig und durcheinander und keine Frage wurde verstanden. Es war ein wahres Chaos, was entstand. Rosenkranz versuchte engagiert und mit viel Geduld, alle Fragen so verständlich wie möglich zu beantworten. Aber die Erregung einzelner Eigentümer war so groß, dass viele Argumente unverstanden blieben, weil die Emotionen ein sachliches Verstehen im Gehirn ausgeschaltet hatten. Die Diskussion wurde immer mehr zu einem einseitigen Vorwurf gegen den Hausverwalter und die Stimmung hatte sich auf Rosenkranz als den Verantwortlichen, den Überbringer der schlechten Nachrichten, fokussiert.

Paul junior und Wenczowsky saßen in der letzten Reihe und hatten sich aus allem herausgehalten. Was hatten sie mit diesen Problemen zu tun, was wollten sie damit zu tun haben? Wenczowsky hätte bereits nach einer halben Stunde der Veranstaltung am liebsten den Raum verlassen. Paul junior war völlig uninteressiert, weil die erste Eigentümerversammlung bei allen von ihm vertriebenen Wohnanlagen gleich ablief. Zu viele hatte er bereits erlebt. Dass aber diese doch einen anderen Verlauf nahm, war in diesem Moment noch nicht abzusehen. Außenstehende hätten bemerkt, dass die Stimmung immer emotionaler und verbissener wurde. Die Vorwürfe gegen den Verwalter Rosenkranz steigerten sich ins Persönliche und wurden verletzender. Rosenkranz fand nach einer weiteren halben Stunde kein Gehör mehr und wurde von den Anwesenden überschrien. Seine anfängliche Unsicherheit wich Nervosität und schließlich fühlte er Angst in sich aufkommen. Er wandte sich seiner Mitarbeiterin zu, die wie versteinert auf ihrem Stuhl neben ihm auf der provisorischen Bühne saß und flüsterte ihr zu: „Gehen Sie raus und verständigen Sie die Polizei, das wird mir unheimlich hier!"

Ein erster Eigentümer zerriss die ihm übergebenen Unterlagen und unter wütenden Protesten verließ er den Raum, nachdem er die Papierschnipsel unter dem Beifall der Umstehenden hoch in die Luft geworfen hatte. Andere rotteten sich zusammen und die Gruppe schob sich beängstigend auf die kleine Bühne zu und es waren wilde Drohungen zu hören. Einzelne Eigentümer saßen still auf den harten Holzstühlen, unfähig einen klaren Gedanken zu fassen. Sie hatten auf eine Lösung ihrer Probleme gehofft und mussten stattdessen erfahren, dass erhebliche Mehrkosten auf sie zukamen. Sie konnten doch jetzt schon nicht mehr den Verpflichtungen aus dem Kauf der Wohnungen nachkommen. Der Mann in der alten Jeans und dem klein karierten Hemd, der seine viel zu warme Jacke immer noch über dem Arm trug, ließ den Blick aus den hellen Augen von einem Gesicht zum anderen schweifen. Irgendwann stand er auf und ging, nachdem er sich gereckt hatte, auf die provisorische Bühne und den Verwalter zu.

„Darf ich mal?", fragte er ihn über das Stimmengewirr hinweg und griff nach dem Mikrofon, das auf dem Tisch lag.

„Hallo, darf ich mal etwas sagen? Hallo, seien Sie doch bitte einen Moment ruhig. Ruhe!"

Nur ganz langsam wandten sich die Menschen ihm zu und es dauerte, bis Ruhe eingetreten war.

„Meine Damen und Herren, mein Name ist Jakob Kleinsorg. Ich, nein, meine Frau und ich haben sechs Wohnungen in Wuppertal gekauft. Das sollte für unsere Altersversorgung sein. Und das Geld, was uns Herr Paul für den Kauf versprochen hatte, war für die Ausbildung unserer Tochter Jennifer gedacht, die jetzt im vierten Semester ihres Philosophiestudiums ist. Ich selbst bin Vorarbeiter bei der Firma Baumgarten in Hessen. Meine Frau führte unseren kleinen Haushalt und kümmerte sich um ein paar Hühner und den großen Garten. Bis sie schwer krank wurde, Demenz, und ich brauchte alles Geld, was wir uns in den Jahren erspart hatten, für die medizinische und pflegerische Versorgung meiner Frau. Ich wollte auch die sechs Wohnungen in Wuppertal verkaufen, aber alle, die ich damit beauftragen wollte, lachten mich aus. Ich merkte, dass ich diese Wohnungen wohl nie mehr verkaufen konnte. Einen Gewinn wird es auf gar keinen Fall, auch nicht in hundert Jahren geben. Ich habe Unterstützung von meiner Familie und von Freunden bekommen. Kennen Sie das Gefühl, wenn Sie Hilfe dankbar annehmen und irgendwann feststellen, dass eine Rückzahlung nicht möglich sein kann, weil nichts da ist? Kennen Sie das Gefühl, wenn Sie sich nur noch schämen und nicht mehr trauen, irgendjemanden um Hilfe zu bitten, wenn Ihnen nichts mehr einfällt, wenn Sie die Last des körperlichen Zerfalls eines geliebten Menschen sehen und nichts dagegen tun können, nicht einmal die permanenten seelischen Schmerzen lindern? Ich glaube nicht, dass Sie so etwas kennen. Ich konnte es mir auch nicht vorstellen, so etwas miterleben zu müssen."

Das Schweigen im Raum war von Ergriffenheit erfüllt. Münder standen offen, Betroffenheit in jedem Gesicht, in das man sah. Herr Kleinsorg ließ den Blick über die Köpfe wandern und zuletzt sah er Rosenkranz direkt in die Augen. „Können Sie mir eine Lösung für mein Problem anbieten?"

Rosenkranz schüttelte schweigend den Kopf. „Ich bin doch nur der Verwalter, der sich an die Vorgaben halten muss, die mir die Immobilie aufgrund der Vorgaben in den Verträgen macht, die mir der Beirat und die Eigentümerverwalter geben. Ich bin nur ausführendes Organ. Nein, ich kann Ihnen keine Lösung für einen Verkauf oder eine Rückabwicklung der sechs Wohnungen geben. Das Einzige, was auch ich sehe, ist die Tatsache, dass ein Verkauf völlig unrealistisch ist."

Im Raum herrschte Totenstille, niemand schien zu atmen, niemand bewegte sich. Alle nahmen an dem Schicksal des Mannes auf der kleinen Bühne teil, bis sie erkannten, dass sie auch ein eigenes Schicksal zu bewältigen hatten. Eine Erkenntnis, die alle im Raum mit gleicher Wucht traf. Und immer noch fokussierte sich ihre Wut für das Geschehen auf den Hausverwalter Rosenkranz.

Ganz offensichtlich hatte bisher niemand die Herren Wenczowsky und Paul junior im Raum wahrgenommen. Das lag daran, dass bei den seinerzeitigen Terminen Paul senior anwesend war und für die Verkaufsabwicklung ein sogenanntes Angebotsverfahren gewählt wurde, mit dem die Kaufinteressenten, also die Kunden des Vertriebs, bei einem Notar an ihrem eigenen Wohnort ein Kaufangebot für die Wohnung oder die Wohnungen abgaben, das einige Tage später von dem Verkäufer, der Firma ImRe Immobilie und Rente GmbH in Düsseldorf, bei einem örtlichen Notar angenommen wurde. Wenczowsky war daher niemandem im Raum bekannt und Paul junior nur dem Hausverwalter Rosenkranz, der von ihm vertraglich mit der Verwaltung beauftragt worden war. Kleinsorg ergriff erneut das Mikrofon und fuhr in seiner ruhigen Art fort.

„Ich bin heute hier, weil ich gehofft hatte, dass sich irgendeine Lösung für mich und meine Frau ergibt. Bisher habe ich nichts gehört. Im Gegenteil, die Sache ist noch viel schlimmer und ausweisloser, als ich es mir überhaupt vorstellen kann. Ich bin eben ein Handwerker, ein Arbeiter und nicht mit diesen finanziellen Dingen vertraut."

Kleinsorg stand schweigend auf der plötzlich für ihn viel zu großen Bühne, verloren, einsam, unendlich traurig und in sich gesunken. Dann schien er zu erwachen, reckte sich und ging mit kleinen Schritten an Rosenkranz vorbei, die beiden Stufen zum Saal zurück und setzte sich auf den ersten freien Stuhl, an dem er vorbeikam. Rosenkranz nahm das Mikrofon und schlug vor, fünfzehn Minuten Pause zu machen. Er hoffte, dass er so die Emotionen eindämmen konnte.

Die Eigentümer standen in mehreren Gruppen zusammen und diskutierten lebhaft und engagiert die Neuigkeiten, die ihnen präsentiert worden waren. Nur Jakob Kleinsorg saß wie unbeteiligt auf seinem hartem

Stuhl, hielt seine Jacke auf dem Schoß und starrte durch alle und alles hindurch. Vor dem Haus war ein Streifenwagen vorgefahren. Rosenkranz ging zu den Polizisten hinaus und erklärte die Situation und die angespannte Atmosphäre. Er bat darum, dass das Fahrzeug noch einige Minuten vor dem Gebäude stehen blieb, in der Hoffnung, dass sich die Gemüter weiter abkühlten. Irgendwie hatte ihn ein ungutes Gefühl beschlichen, was er zwar sehr deutlich fühlte, aber nicht erklären konnte. Die Besatzung des Streifenwagens sagte zu, noch einige Minuten zu warten mit der Einschränkung, bei einem Notfall sofort abzurücken. Rosenkranz war froh und ging in den Raum zurück und nahm wieder auf dem Podium Platz und setzte die Besprechung fort.

In der folgenden Stunde wurden viele Fragen gestellt, alle mit dem Inhalt, woraus die vielen Zusatzkosten resultieren, warum die Mieten und die vertraglich vereinbarten Mietdifferenzzahlungen ausblieben, was mit dem Mietverwalter geschehen war, welche Reparaturen noch anstanden, wie die Verkaufspreise zum heutigen Zeitpunkt wären und so fort. Rosenkranz bemühte sich erkennbar, alle Fragen ehrlich und auch verständlich zu erklären. Jede Antwort aber machte den Eigentümern deutlicher, dass ihr Investment, das von allen unter dem Aspekt der Altersversorgung getätigt worden war, wenn die erfreuliche Bargeldrückvergütung einmal als gern genommenes Extra unberücksichtigt blieb, ein Desaster war. Da die Rückerstattung in allen Fällen bereits verbraucht war, jetzt aber zusätzliche Kosten und Nachzahlungen auf sie zukamen, war für jeden Einzelnen von ihnen die finanzielle Situation um ein Vielfaches prekärer geworden. Nach vier Stunden teils aufgeregter und gefühlsbetonter Diskussion beendete Rosenkranz die Versammlung. Er versprach, das Sitzungsprotokoll so schnell wie möglich zu schreiben und mit einer Zusammenfassung der offengebliebenen Fragen in den nächsten Tagen jedem einzelnen Eigentümer zur Verfügung zu stellen. Als er sein Schlusswort mit einer Verabschiedung und seinen Wünschen für eine gute Heimfahrt beginnen wollte, erhob sich Herr Kleinsorg noch einmal von seinem Stuhl und bat, noch einmal das Mikrofon haben zu dürfen. Er setzte sich auf den Rand des Podiums.

„Meine Damen und Herren", begann er und schaute jeden einzelnen der Anwesenden an. „Als ich heute Morgen mit meiner Frau gemeinsam gefrühstückt habe, das heißt, ich habe ihr ein Brot gemacht und sie mehr oder weniger gefüttert, habe ich ihr versprechen müssen, dass ich mit einer Lösung nach Hause komme. Das kann ich jetzt nicht."

Er hielt einen Moment inne.

„Wir haben alle unsere Reserven verbraucht und der einzige in Gänsefüßchen ‚Wert', der uns blieb, waren die Eigentumswohnungen. Das hatten wir geglaubt. Jetzt wissen wir, dass diese Wohnungen nicht einmal die Hälfte des Wertes darstellen, den wir bezahlt haben. Für mich bedeutet das, dass ich auch die Versorgung meiner Frau nicht mehr sicherstellen kann. Ich beschuldige niemanden, stelle aber fest, dass der Verkäufer uns alle wohl in eine Lage gebracht hat, die uns an den Rand des Ruins bringt ... mich sogar darüber hinaus. Daher habe ich für meine Frau heute Morgen bereits einen Tee vorbereitet, der ihr von unserer Nachbarin in genau diesem Moment aufgebrüht und gebracht worden ist. Er wird das Elend, die Schmerzen und das unendliche Leid meiner Frau beenden. Wir haben uns bei unserer Hochzeit, am Tag unseres größten Glücks, versprochen, dass wir im Leben alles gemeinsam machen. Daher bin ich nur zu gerne bereit, mit ihr zu gehen."

Kleinsorg erhob sich, während alle im Raum wie erstarrt auf ihn blickten. Entsetzen verhinderte eine Reaktion. Und als der ruhige Mann die Pistole unter der viel zu dicken Jacke hervorholte und sich diese in den Mund schob, war weiterhin entsetztes Schweigen im Raum. Kleinsorg bekreuzigte sich mit der rechten Hand, hob seinen Blick zur Decke oder zu Gott, versenkte seinen Blick durch alles hindurch und drückte ab.

Aus seinem Hinterkopf jagte das Projektil mit großer Wucht hinaus, nahm Knochenteile und blutige Masse mit und verteilte diese in Millionen kleiner, roter Teile auf dem Podium hinter sich, bis hin zur weißen Wand an der Rückseite des Raums. Die freundliche Mitarbeiterin von Rosenkranz, die Kleinsorg am nächsten saß, wurde von einigen Knochensplittern und vielen kleinen Blutspritzern getroffen. Kleinsorgs Kopf wurde nach hinten geschleudert im Moment des lauten Knalls. Sein Körper streckte sich und fiel schwungvoll nach hinten auf das Podium. Bevor er zur Ruhe kam, zuckten Arme und Beine noch unkoordiniert, als würden sie auch den letzten Funken Leben aus der Körperhülle hinausdrängen. Als er still lag, breitete sich aus der großen Öffnung herausströmend eine große Blutlache auf dem Holzboden des Podiums aus, die langsam verlaufend schwarz-rot das Licht der Beleuchtung reflektierte. Erst jetzt stöhnten einige der Anwesenden auf, erhoben sich, sprangen auf, blickten entsetzt auf das, was einmal ein Mensch gewesen war. Dann drehten sie sich um und verließen mit abgewandtem Gesicht den Raum, erst langsam und zögerlich, dann in wilder Panik vorwärts rennend. Manche übergaben sich, andere wankten in einer beginnenden Ohnmacht in den Flur hinaus. Nur Rosenkranz und seine Sekretärin blieben wie erstarrt auf ihren Stühlen auf dem Podium sitzen. Erst als die Polizei und der Rettungswagen, den einer der Anwesenden geistesgegenwärtig herbeigerufen hatte, eingetroffen waren, ließen sie sich mit abgewandten Gesichtern, in Decken gehüllt von den Sanitätern aus dem Saal führen. Der Schock sollte noch lange anhalten.

Wenczowsky und Paul junior standen mit allen anderen im Flur, ihre Knie zitterten und klare Gedanken zu fassen, war fast unmöglich. Sie durften den Ort des Geschehens als Zeugen nicht verlassen, ihre Aussage musste erst protokolliert werden. Schon wenige Minuten, nachdem das Unfassbare geschehen war, sprach sich die Mitteilung wie ein Lauffeuer herum, dass die Frau von Kleinsorg tatsächlich so wie gesagt tot in ihrem Haus aufgefunden worden war. Erst sehr spät abends wurden Wenczowsky und Paul junior von der Polizei entlassen, nachdem sie alles, was ihnen während der Eigentümerversammlung aufgefallen war, zu Protokoll gegeben hatten.

XV

Paul junior fuhr langsam und mit noch immer zitternden Knien nach Hause. Er konnte, zu Hause angekommen, nichts essen. Aber er betrank sich und lag irgendwann zum Vergessen im Bett. Die Nacht war für ihn unruhig und mit Albträumen belastet. Als er morgens aufwachte, quälten ihn nicht nur sein fürchterlicher Kater, sondern auch die Schreckensbilder, die er nicht aus seinem Kopf herausbekam. Er fuhr am nächsten Morgen völlig gerädert in das Büro, um seinem Vater die Ereignisse zu berichten. Während der kurzen Fahrt musste er zwei Mal anhalten, um sich zu übergeben. Wenczowsky hatte sich entschlossen, am Ort zu bleiben und in einem Hotel zu übernachten. Er bestellte Kamillentee, um seine vibrierenden Magennerven zu beruhigen. Er legte sich auf das Bett. An erholsamen Schlaf war nicht zu denken, immerhin döste er zwischendurch für einige Minuten ein, bevor ihn die Bilder immer wieder aufschreckten. Am nächsten Morgen verließ er das Hotel früh, ohne Frühstück und fuhr zurück nach Düsseldorf. Während der Fahrt unterrichtete er Walter Großkreuz von dem Ereignis und bat, dass man sich am Nachmittag zu einem Gespräch im Büro der ImRe Immobilie und Rente GmbH traf. Wenczowsky berichtete in dem so kurzfristig einberufenen Treffen, was er in der Eigentümerversammlung alles gehört und vor allem, was er gesehen hatte. Die beiden Gesellschafter hörten sich alles in Ruhe an.

„Und wir haben auch noch drei Wohnungen in der Anlage. Bekommen wir überhaupt Miete dafür?", interessierte sich Horst Müller.

„Ich mache mir Gedanken darüber, ob die Staatsanwaltschaft nicht eventuell die Angelegenheit aufgreift und uns möglicherweise wegen Beihilfe oder was weiß ich verhört. Und zu Ihrer Frage, wir bekommen auch keine Miete von den Mietern …" Wenczowsky fehlten die Worte.

„Machen Sie sich mal keine Sorge, wir haben hier nichts zu befürchten. Paul und Paul müssen sich Gedanken machen. Kümmern Sie sich darum, dass die Mieter zahlen. Ich habe keine Lust, dass unser Haus Geld verliert. Setzen Sie sich mit den Mietern auseinander und seien Sie nicht so rücksichtsvoll," herrschte ihn Horst Müller an.

„Herr Müller hat recht", schaltete sich Walter Großkreuz ein, „was können wir dafür, wenn dieser Eigentümer die Nerven verliert und sich erschießt. Er hätte sich zugegeben einen anderen Ort für seinen Abgang suchen können. Jeder ist seines Glückes Schmied. Wir sollten uns keine Gedanken machen. Sorgen Sie dafür, dass die drei Wohnungen schnellstens verkauft werden, damit wir die Wohnanlage ein für alle Male aus dem Kopf haben und die Angelegenheit vergessen können. Für die Zukunft glaube ich allerdings nicht, dass wir mit Paul und Paul weiter zusammenarbeiten können. Deren Namen sind jetzt verbrannt. Herr Wenczowsky, sehen Sie sich schon einmal nach einem anderen leistungsstarken Vertrieb um. Sie kennen ja den Markt."

Wenczowsky war konsterniert und frustriert, fassungslos und entsetzt. Das Geschehen, der Tod eines Menschen interessierte die beiden Gesellschafter überhaupt nicht. Sie dachten schon wieder an neue Geschäfte, ohne schlechtes Gewissen, ohne Gefühl und Skrupel. Nachdem er erst beide mit großen, leeren Augen angeschaut hatte, stand Wenczowsky auf und entschuldigte sich mit einer kurzen Pause. Auf der Toilette sah er sich im Spiegel an, dann ließ er kaltes Wasser über seine Handgelenke laufen und erfrischte sich das Gesicht. Er atmete einige Male konzentriert tief durch und ging zurück in das kleine Sitzungszimmer, in welches die kleine, schwarzhaarige Sekretärin mit den von den Gesellschaftern so geliebten runden Formen gerade frischen Kaffee trug.

XVI

Es war Zufall, dass Thomas Schmidbauer in der regionalen Zeitung den kleinen Artikel über einen Selbstmord in Süddeutschland las. Ohne weitere Details hieß es nur, dass sich während einer Eigentümerversammlung ein Mann aus Hessen erschossen hatte, nachdem er vorher seine Frau vergiftet hatte. Er stellte keinen Zusammenhang zwischen diesem Vorfall, sich selbst und der Wohnanlage in Wuppertal her. Thomas Schmidbauer versuchte an diesem Morgen erneut, mit Anton Paul Kontakt aufzunehmen. Und während misslingender Versuche überflog er den Artikel. Die Nachfrage nach Büchern war wieder lebhafter geworden und geschäftlich konnte Schmidbauer durchaus zufrieden sein. Leider war seine Laune nach einigen besseren Monaten wieder auf einem Tiefpunkt angekommen. Er war nervös, aufbrausend, unfreundlich, geistesabwesend und auch unverschämt sowohl zu den Kunden, als auch zu seinen beiden Mitarbeiterinnen. Zu Hause herrschte wieder das von seinen Kindern sogenannte Terrorregiment. Weder Sabine noch die beiden Kinder Isabella und Marko trauten sich, ihren Mann beziehungsweise ihren Vater anzusprechen. Er war fast jeden Abend weg, meistens in der Kneipe an der Hauptstraße von Kaarst, wo er sich mit anderen Stammgästen lange Wortgefechte über völlig unbedeutende Sachverhalte lieferte. Wenn er dann spät nach Hause kam, zog er sich aus und schlich wie ein geprügelter Hund mit seiner Alkoholfahne in das Schlafzimmer und ins Bett und hoffte, dass Sabine nicht aufwachte, um mit ihm zu reden. Sabine lag da mit geschlossenen Augen, aber hellwach und still und betete, dass sie bald den ruhigen Atem des eingeschlafenen Thomas' hören konnte. Die Situation war wie vor knapp zwei Jahren. Es war kein Geld da. Wieder suchte Sabine eine Beschäftigung, um wenigstens für die Kinder und für sich ein wenig Geld zu haben. Wieder fand Sabine eine Beschäftigung für 400 Euro im Monat, dieses Mal in einer kleinen Boutique im Maubiscenter, dem kleinen, eleganten Einkaufsmittelpunkt der Stadt, direkt am Rathaus.

Am Nachmittag des Tages endlich meldete sich Paul senior telefonisch bei Thomas Schmidbauer.

„Hallo, Herr Schmidbauer, wie geht es Ihnen?", fragte er jovial.

„Danke, nicht so gut. Ich habe schon so oft versucht, Sie zu erreichen. Ich müsste mit Ihnen reden," kam Schmidbauer direkt zur Sache.

„Schießen Sie los, was kann ich für Sie tun?"

„Ich brauche noch einmal Geld. Da die Miete und die Miet-differenzzahlungen ausbleiben, fehlt mir jeden Monat Geld und die Verpflichtungen laufen weiter. Außerdem müssen wir leben. Können wir noch einmal ein Geschäft wie vor zwei Jahren mit der Wohnanlage in Wuppertal machen?" Schmidbauer kam wirklich direkt zur Sache und Paul senior fühlte körperlich die Panik, die sich durch die Telefonleitung quälte. Er hatte seine eigenen Probleme, wollte aber Schmidbauer nicht sofort eine Absage geben.

„Ja, das ist im Moment nicht so einfach, weil es keine wirklich guten Immobilienanlagen gibt. Wir wollen ja auch Ihre Zielsetzung der zusätz-lichen Rente nicht aus den Augen verlieren. Aber lassen Sie mich ein paar Tage den Markt durchleuchten. Ich bin sicher, dass wir etwas für Sie finden. Kann ich Sie dann wieder anrufen?"

Thomas Schmidbauer atmete auf. „Ja, gerne, aber bitte schnell, bei mir drängt es. Ich habe eine Vielzahl von offenen Rechnungen, die bezahlt werden müssen, und meine Bank ist auch wieder mehr als nervös!"

„Aber sicher, ich melde mich in den nächsten Tagen und wir werden die Kuh schon vom Eis kriegen."

Paul senior beendete das Gespräch. Er hatte ganz und gar nicht die Absicht, sich um Thomas Schmidbauer zu kümmern. Seine eigenen Probleme und die Fortführung seiner Vertriebsaktivitäten mit seriösen Anlagen hatten im Moment absolute Priorität. Mit Schrottimmobilien wollte er sich aus naheliegenden, sehr egoistischen Gründen im Moment nicht beschäftigen. Obwohl Thomas Schmidbauer ein klein wenig Hoffnung fasste, besserte sich seine Laune nicht. Zu nervös war er, weil die Androhungen seiner Gläubiger schon sehr konkret waren. Vor zwei Monaten hatte er alle Post, die für ihn bestimmt war, in ein Post-schließfach umgeleitet, damit Mahnungen und andere unangenehme Nachrichten nicht in die Hände seiner Familie gelangten. Das Fach leerte er einmal pro Woche, doch die eingelagerte Post wanderte ungeöffnet in Schubladen in dem kleinen Arbeits- und Bastelzimmer im Keller seines Hauses. Auch die eingeschriebenen Briefe fanden dort ihre ungelesene Ablage. So brauchte er sich nicht mit den unangenehmen Dingen auseinanderzusetzen und verdrängte das Unangenehme, wohlwissend, dass dies ihm nur ein paar Wochen Zeit verschaffte. Aber Thomas Schmidbauer hoffte auf das Wunder und glaubte, mit Paul senior auch den Strohhalm, seine Rettung gefunden zu haben. Die letzte Vereinbarung, die er vor vier Monaten getroffen hatte, war eine Aussetzung der monatlichen Raten für die Hypothekenbank in Stuttgart. Direktor Müller hatte ihm sechs Monate Zeit gegeben, um entweder die Immobilien zu verkaufen oder aber nach dieser Zeit mit den normalen Ratenzahlungen fortzufahren. So lange wollte die Hypothekenbank die Kündigung des Darlehens aussetzen und auch die angedrohte Strafanzeige. Das brachte ihm ein wenig Luft, aber bei Weitem keine Ruhe. Da er stur sämtliche eingehenden Schreiben aller Gläubiger ignorierte und nicht einmal versuchte, andere Verpflichtungen durch eigene Kündigung – wenn auch nicht sofort, aber doch zum nächsten Kündigungstermin – zu beenden, bewirkte das Nicht-zur-Kenntnis-Nehmen lediglich, dass seine gesamten Verpflichtungen sechs Monate lang zwar stetig und mit zusätzlichen Zinsen und Gebühren belastet stiegen, er aber in dieser Zeit etwas mehr Bargeld zur Verfügung hatte. Und in seinem Hinterkopf wusste Thomas Schmidbauer ganz genau, dass der weitere Kauf von Eigentumswohnungen und die erhoffte erneute Auszahlung eines Barbetrags ihm nur eine weitere, kurze Verschnaufpause geben konnten, denn die Schulden insgesamt wurden größer – genauso wie die monatlich aufzubringenden Raten. In Momenten, in denen er ehrlich seine Situation überdachte, erkannte er, dass seine Schulden anwuchsen und von ihm in seinem Leben nicht mehr zurückzuzahlen waren. Aber ehrlich konnte er sich selbst gegenüber nicht mehr sein und gegenüber seiner Familie schon gar nicht. Er verlor sich in Wunschträumen und wollte nur zu gerne glauben, dass er alles geregelt bekam.

In der folgenden Woche erhielt Thomas Schmidbauer keinen Anruf von Paul senior. Seine kurzfristig ein klein wenig beruhigten Nerven spannten sich und seine Laune erreichte einen neuen, bisher nicht gekannten Tiefpunkt. Normale Unterhaltung war nicht mehr möglich, er reagierte so gereizt, dass Kunden, Mitarbeiter und die Familienmitglieder ihm möglichst aus dem Weg gingen. An einem dieser Abende legte ihm seine Frau Sabine eine Einladung zur Jahreshauptversammlung des Fußballklubs vor. Sie hatte die Karte im Briefkasten gefunden, wo sie von einem der jungen Spieler im Auftrag des Vorstands eingeworfen worden war. Thomas Schmidbauer las die Einladung und schleuderte sie wütend über den Tisch, auf dem das Abendessen gedeckt war. Sein volles Bierglas stand im Weg und fiel von der Karte getroffen mit Schwung auf den Teller mit dem Aufschnitt und verteilte seinen Inhalt über den ganzen Tisch, bis dieser über die Kante schwappte und auf Sabines Hose tropfte. Nach einem kurzen Moment der Ruhe sprang Sabine auf, warf den Stuhl um und trat zwei Meter zurück.

„Kannst du nicht aufpassen? Du mit deinen beschissenen Launen. Jetzt kann ich wieder alles aufräumen. Und das Brot ist voll Bier und nicht mehr zu essen, der Aufschnitt schwimmt in der Brühe. Ich hab kein Geld, um Neues zu kaufen. Sieh zu, was du isst, ich weiß nicht mehr, was ich einkaufen soll."

„Halt die Klappe, das ist alles deine Schuld! Was sollen wir bei dem Sportverein? Ich gehe sowieso nicht mehr hin, die kotzen mich alle an. Das sind alles Idioten, genau wie die vom Schützenverein. Die können mich alle mal. Nun wisch das alles trocken und den Aufschnitt kannst du abtupfen und das Brot trocknen, dann können wir das morgen noch essen. Heute Abend essen wir eben Schwarzbrot. Und schrei mich nicht an! Du musst eben mehr sparen und das Geld nicht immer zum Fenster rausschmeißen. Du kommst mit dem Geld nicht aus. Was soll ich noch alles machen und verdienen, damit du mit dem Geld auskommst? Immer alles neu. Guck dich an, immer neu gekleidet, die Kinder immer mit den neuesten Klamotten. Machen andere das? Nein, da sparen die Frauen. Nur du nicht, und ich muss sehen, wie das Geld reinkommt. So viel kann niemand verdienen!"

Thomas Schmidbauer wusste im gleichen Moment, in dem er die Vorwürfe aussprach, dass sie nicht richtig waren und bei Sabine auch an der falschen Adresse ankamen. Aber er konnte sich nicht bremsen. Sabine war im Augenblick der Blitzableiter, den er so dringend brauchte. Sie war an seinen Problemen wirklich unschuldig und die Kinder sowieso. Aber Thomas Schmidbauer glaubte, dass sie die verängstigten Menschen waren, an denen er seine Wut und die Ungerechtigkeit auslassen konnte. Das tat ihm gut.

„Was willst du?", verteidigte sich Sabine. „Ich spare, wo es geht, wir kaufen das Billigste zum Essen, wir verzichten auf neue Klamotten, wir fahren nicht in Urlaub, die Kinder bekommen kein Taschengeld und trauen sich schon nirgendwo mehr hin. Ich laufe mit den ältesten

Klamotten rum und habe mir seit einem Jahr nichts Neues mehr gekauft. Ich putze selbst und putze die Fenster, weil ich Putzfrau und Fensterputzer nicht mehr bezahlen kann. Du redest nicht mehr mit uns, wir müssen deine Launen ertragen. Wenn du willst, dann geh doch, ich komme auch ohne dich zurecht und die Kinder sind auch groß genug, ohne dich zurechtzukommen. Hau ab! Ich kann dich nicht mehr sehen, geh …"

Sabine drehte sich um und lief in das Schlafzimmer in den ersten Stock. Als sie die Treppen hinaufhetzte, dachte sie noch, dass es gut war, dass die Kinder heute Abend bei Freunden zu einer Geburtstagsfeier eingeladen waren und wahrscheinlich auch erst gegen zehn Uhr nach Hause kämen; Isabella wollte Marko abholen, denn der musste ja rechtzeitig ins Bett. Dann knallte sie die Tür zu und warf sich laut schluchzend auf ihr Bett.

Thomas Schmidbauer stand nach wie vor wütend am Küchentisch. Der Biergeruch hatte sich bereits in der großen Küche verbreitet. Es roch wie in einer Kneipe.

„Du blöde Kuh, du bist das alles schuld, du gibst das Geld mit vollen Händen aus und ich kann sehen, wie ich es ranschleppe. Wie leid ich das alles bin, ich kann nicht mehr, ich will nicht mehr. Alle wollt ihr was und ich kann sehen, wie ich es mache, keiner hilft. Und das Geld, was du alleine verdienst, das gibst du auch alleine für dich aus, für Klamotten, Parfüm, Schuhe, Handtasche, Kaffee und Kuchen mit deinen blöden Freundinnen und so weiter. Immer nur du, du, du …"

Thomas Schmidbauer steigerte sich immer mehr, ungerecht, wütend, vorwurfsvoll und immer lauter. Seine Tränen unterdrückte er mit ungeheurer Willensanstrengung. Er war derjenige, der die Tatsachen verdrehte und alle Vorwürfe den anderen machte. Während Sabine immer wieder die Schuld bei sich suchte und mit der Situation ihres auseinanderbrechenden Familienlebens seit Monaten versuchte, zurechtzukommen und ihren Mann vor den Kindern und Dritten in Schutz nahm und versuchte, mit dem Wenigen, was er ihr gab und dem, was sie selbst dazu verdiente, zurechtzukommen, häufte Thomas seiner Sabine alle Schuld auf, vergrub sie fast unter den Ungerechtigkeiten, die er über sie ausschüttete. Beide zerstörten sich durch ihre Emotionen. Thomas war ungerecht gegen seine Frau und die Kinder, Sabine nicht weniger gegen sich selbst. Wohin konnte das noch führen? Den Abend verbrachten beide getrennt voneinander. Als Isabella und Marko um viertel nach zehn Uhr gut gelaunt nach Hause kamen, lag Vater Schmidbauer schlafend auf der Couch im Wohnzimmer, angezogen und in eine Fahne billigen Schnapses gehüllt. Sabine hatte die Schlafzimmertür abgeschlossen und ließ ihren Tränen immer noch freien Lauf, bis der Schlaf sie erlöste und ihr Vergessen für einige Stunden schenkte. Die Kinder zogen sich still in ihre Zimmer zurück. Keine Aufmerksamkeit erregen. Sie fühlten, dass der Abend ihrer Eltern nicht angenehm verlaufen war. In den nächsten Tagen gingen sich die Eltern möglichst aus dem Weg, Sabine blieb wieder so lange im Bett, bis Thomas Schmidbauer das Haus verlassen hatte, die Kinder schlichen durch das Haus, machten sich das Frühstück, um es auf den Schulweg zu essen. Meistens blieben sie aber so lange in ihren Zimmern, bis Vater Schmidbauer entweder das Haus verlassen hatte oder aber im Bad verschwunden war. Die Atmosphäre war zum Zerreißen gespannt und konnte jeden Moment explodieren.

Auch Paul senior ließ sich nicht hören. Nach vierzehn Tagen Wartezeit griff Thomas Schmidbauer zum Hörer und rief im Büro des Vertriebs an. Die Sekretärin hatte nicht mit dem Anruf gerechnet oder sie war von Paul senior nicht auf den Anruf vorbereitet worden. Sie stellte jedenfalls das Gespräch sofort zu ihrem Chef durch.

„Ah, guten Morgen Herr Schmidbauer, das ist gut, dass Sie anrufen, Sie stehen heute auf meiner Agenda," reagierte Paul senior routiniert. „Ich kann Ihnen zum jetzigen Zeitpunkt noch keine Immobilien anbieten, die für Sie sinnvoll wären. Mit Blick auf die langfristig als zusätzliche Rente vorgesehenen Mieteinnahmen und den von Ihnen gewünschten Barauszahlungsbetrag von ungefähr 40.000 Euro wie beim letzten Mal gibt es zurzeit nichts Vernünftiges im Markt. Aber ich will gerne weiter suchen und rufe Sie schnellstmöglich an!"

Das war genau die Nachricht, die Thomas Schmidbauer aus dem seelischen Gleichgewicht brachte. Alle seine Hoffnungen brachen in sich zusammen. Wie sollte er seine Verpflichtungen, deren Höhe er ja nicht einmal wusste, bezahlen, wovon sollte er den Lebensunterhalt für seine Familie nehmen? Und anstatt sich mit dieser Information daranzumachen, seine finanzielle Situation aufzuarbeiten und Hilfe in Anspruch zu nehmen, zog er sich noch tiefer in seine Isolierung zurück. Er vertraute sich weder seiner Frau noch Freunden oder Familienmitgliedern an. Er suchte alleine nach einer Lösung und merkte nicht, dass er sich verlor. Es war ihm unmöglich, sich auf seine Arbeit zu konzentrieren, entsprechend wurde seine berufliche Leistung immer schlechter. Als sein Regionalleiter eines Tages unerwartet in seinem Geschäft auftauchte, um mit ihm zu sprechen, fand er einen unrasierten, beinahe ungepflegten Geschäftsstellenleiter vor, der mit ungewaschenen Haaren in seinem kleinen Büro saß und von einem Berg von Papier resigniert aufblickte. Die Fragen nach den Umsätzen und Bestellungen, nach Kundenverhalten und der Leistung der beiden Mitarbeiter konnte Thomas Schmidbauer auch mit der in vielen Jahren erworbenen Routine nicht klar und verständlich beantworten. Sein Vorgesetzter nahm nach dem Gespräch, das nach zehn Minuten abgebrochen und verschoben wurde, genau den Eindruck mit, den Thomas Schmidbauer immer zu vertuschen versucht hatte. Das trug dazu bei, dass die Ausweglosigkeit noch dramatischer wurde und sich die Mauer um ihn herum noch weiter erhöhte und unüberwindlich machte.

Resignation, selbst gewählte Isolation, Verzweiflung und das erdrückende Gefühl des Alleingelassenseins begannen übermächtig zu werden und zwangen sein Denken immer mehr in eine einzige Richtung. Thomas Schmidbauer wurde depressiv, für jeden erkennbar, fühlte er sich von jedem verlassen und begann, sich seinem Schicksal zu ergeben.

XVII

Im Büro der ImRe Immobilie und Rente GmbH arbeiteten die wenigen Mitarbeiter wie an jedem Tag, beauftragten Reparaturarbeiten an Immobilien, kümmerten sich um Mietersorgen, prüften Rechnungen, bestellten Öl und Gas für die Häuser, berechneten die seit vielen Jahren platzierten und verwalteten Immobilienfonds oder standen Investoren für Fragen zur Verfügung. Alles lief seinen gewohnten Gang. Da jeder ein eigenes Büro hatte, hörte man nur das Klappern der Tastaturen und aus einem Zimmer leise Musik als Untermalung der Arbeit.

Konrad Wenczowsky kam wie jeden Morgen gegen zehn Uhr ins Büro, begrüßte jeden Mitarbeiter mit einem freundlichen ‚Guten Morgen' und einem Handschlag, ging in sein großes, elegantes Büro und begann, die Post zu sichten. Seine private Assistentin brachte ihm eine Tasse Kaffee und einen klein geschnittenen Apfel, sein Frühstück an jedem Morgen der Woche. In der Post war keine ungewöhnliche Nachricht. So konnte sich der Geschäftsführer der Kalkulation einer neuen Wohnanlage zuwenden, die wiederum von einem Kunden des Gesellschafters Großkreuz angeboten wurde und, wenn es sich rechnete, als Kapitalanlage für eine weniger vermögende Zielgruppe aufgearbeitet werden sollte, die nicht so sehr an der Immobilie als an einer Kapitalzuweisung Interesse hatte. Das war die Formulierung, wie sie von Walter Großkreuz und Horst Müller gerne verwendet wurde. Diesen Teil seiner Arbeit mochte Wenczowsky gar nicht. Er errechnete die Margen für sich und einen möglichen Vertrieb und wusste auf den Cent genau, wie die Anleger in ihrer finanziellen Not durch den Erwerb der Immobilien nur kurzzeitig finanziellen Spielraum erhielten, aber in absehbar kurzer Zeit noch tiefer in ihren Schwierigkeiten steckten. Wenn er die Vertriebsgespräche mit den Kunden hätte führen müssen, so hätte er den Kunden in fast allen Fällen geraten, eine private Insolvenz anzumelden. Denn dann wären sie nach sieben Jahren aus allen Problemen heraus und hätten noch einmal bei null anfangen können. Ja, es wären harte, entbehrungsreiche sieben Jahre. Aber danach wären alle alten Verpflichtungen gelöscht und ein Neuanfang möglich. Wenczowsky fühlte sich wirklich nicht wohl, als er das neue Modell durchrechnete. Er hatte das Gefühl, als würde er die Kunden betrügen. Dabei war es doch der Vertrieb, der den Verkauf organisierte, die Kunden suchte und fand und die Abschlüsse tätigte. Er musste nur die eingehenden Kaufangebote annehmen. Trotzdem dachte er über den Tellerrand seiner eigenen Arbeit hinaus und fühlte sich schlecht.

Die neue Wohnanlage rechnete sich und konnte wie die anderen in den Vorjahren gut im Markt platziert werden, wenn ein Vertrieb gefunden würde. Paul und Paul kamen aufgrund der Schwierigkeiten, die aus dem Verkauf der Wohnanlage in Wuppertal entstanden waren, nicht mehr in Betracht. Damit wollte ImRe Immobilie und Rente GmbH nicht in Verbindung gebracht werden. Daher wurden entsprechende Anfragen auch erst gar nicht an Paul senior gestellt. Es gab eine weitere Vertriebsorganisation aus Bayern, die auch erfolgreich war und zum jetzigen Augenblick noch einen guten Namen im Markt hatte. Insbesondere hatte diese Organisation bei Banken und Bausparkassen erstaunlicherweise einen erstklassigen Ruf. Und das musste unbedingt genutzt werden. Als das Telefon klingelte, schreckte Wenczowsky aus seinen Gedanken auf. Es war Horst Müller, einer der beiden Gesellschafter.

„Haben Sie die Wohnanlage bereits gerechnet?", fragte er ohne Begrüßung, wie immer.

„Ja, sie rechnet sich bei Weitem nicht so gut wie beispielsweise seinerzeit Wuppertal, aber immer noch gut. Wir müssen mit dem Vertrieb etwas strenger verhandeln, dann passt es auf jeden Fall."

„Gut, dann bereiten Sie die Unterlagen vor, damit wir morgen eine Entscheidung treffen können. Ich werde Großkreuz informieren. Und dann möchte ich die Wohnanlage Wuppertal noch einmal zum Vergleich haben. Wir haben doch immer noch drei Wohnungen im eigenen Bestand, die wir seinerzeit von dem einen Kunden zurückgenommen haben. So eine Scheiße! Das machen wir nicht noch einmal. Die Kunden wissen, was sie tun, wenn sie die Wohnungen kaufen. Ich habe vor ein paar Tagen wieder ein Schreiben von einem dieser Käufer aus Wuppertal bekommen, einem Schmidbauer aus Kaarst, der um Rücknahme von Wohnungen bittet. Die sind alle blöd, das Geld vom Vertrieb nehmen sie, aber wenn nichts mehr da ist, dann wollen sie von allem nichts mehr wissen und scheißen uns auch noch an. Der Schmidbauer droht mit einer Anzeige gegen uns, weil wir ihn betrogen hätten. Es gibt immer mehr Idioten auf dieser Welt. Paul und Paul haben, wenn überhaupt, betrogen. Aber Sie haben die Unterlagen morgen vorliegen, dann sehen wir weiter." Und ohne eine Antwort abzuwarten, legte Müller auf. Das Gespräch war beendet, die Anweisungen waren erteilt.

Wenczowsky dachte einen Moment an die Wohnanlage, die sich so gut verkauft hatte und die doch im Nachhinein so viele Probleme aufwarf. Es hatten sich in den zwei Jahren mehrere Kunden gemeldet, die um Rückabwicklung der Verkäufe gebeten hatten. Alle konnten abgewimmelt werden. Der Kunde aus Hessen, der sich und seine Frau umgebracht hatte, konnte nichts mehr gegen sie unternehmen. Nur Paul und Paul als direkte Verkäufer hatten erhebliche Schwierigkeiten. Aber das ging die ImRe Immobilie und Rente GmbH nichts an. Zumindest konnten alle Anfragen und Ansprüche durch die aktive Einschaltung von Horst Müller und seine fundierten Rechtskenntnisse abgewimmelt werden. Trotzdem schienen die Schwierigkeiten nicht aufzuhören. Immer tauchte etwas Neues auf. Dass die drei zurückgenommenen Wohnungen des Kunden von Großkreuz immer noch im eigenen Bestand waren, ärgerte alle im Unternehmen. Wenczowsky konzentrierte sich weiter auf das neue Immobilienangebot und bat seine Assistentin, die Unterlagen zu einer Präsentationsmappe mit den von ihm angefertigten Musterrechnungen und den Fotografien zusammenzustellen und ihm anschließend noch einmal zur Kontrolle vorzulegen. Dann bat er einen jungen Kollegen, ihm die Unterlagen Wuppertal noch einmal zu geben, damit er für die zu erwartenden Fragen vom Gesellschafter Horst Müller gewappnet war.

Zur Mittagszeit ließ er sich von seiner Assistentin eine Pizza Paesana holen, die er im Besprechungszimmer mit ihr gemeinsam aß. Das war eine lieb gewordene Angewohnheit der beiden. Wenczowsky lebte schon seit Jahren getrennt von seiner Frau und genoss es, mit der jungen, unverheirateten Assistentin Dagmar, die er insbesondere nach Aussehen und Figur und erst in zweiter Linie nach Sachkenntnis ausgewählt hatte, zusammen zu essen. Manches Mal, wenn die Arbeit sich bis in den Abend hinein zog, ging das Gemeinsame auch weiter, aber es gab ein stillschweigendes Übereinkommen zwischen beiden, dass hieraus keine gegenseitige Verpflichtung entstand. Ein idealer Zustand, zumal ein solches Arrangement insbesondere aufseiten der Frauen selten zu finden war. Es war ein angenehmer Arbeitsplatz, den Wenczowsky innehatte. Er konnte selbstständig agieren, wenn er sich an den Vorgaben und Anweisungen seiner beiden Gesellschafter orientierte. Er genoss ein luxuriöses Büro, größten Komfort bei seinen Reisen, hatte sich sein Privatleben in jeder Beziehung elegant eingerichtet, trug nur teure Maßanzüge, fuhr ein elegantes, sehr teures Auto, speiste in den besten Sterne-Restaurants und genoss alles in vollen Zügen. Alles wäre perfekt gewesen, wenn nicht die extrem gierigen Gesellschafter ihm immer wieder deutlich zu verstehen geben würden, dass er der unbedeutende, ja fast lästige Teil in der Firmenhierarchie war, den man haben musste, um nicht selbst übermäßig in einem durchaus anrüchigen Gewerbe arbeiten zu müssen und Verantwortung nach außen zu zeigen. Geld, viel Geld zu verdienen war für die beiden Mitgesellschafter das eine, ihr eigenes Gut-Mensch-Image zu pflegen das andere entscheidendere Kriterium. Während er mit sich und seiner Leistung zufrieden war und es in den letzten Jahren verstanden hatte, ohne negative Ergebnisse das Geschäft in einer durchaus anrüchigen Branche zu meistern, forderten seine Gesellschafter immer mehr Profit, Geld für die eigene Tasche und scheuten dabei auch nicht davor zurück, unanständige Forderungen zu stellen. Wenczowsky war sich sehr bewusst, dass seine Position im Hause der ImRe Immobilie und Rente GmbH nur so lange sicher war, wie er Erfolg in barer Münze erwirtschaftete und keine negativen Einflüsse aus den Geschäften erwuchsen. Der Nicht-Verkauf der Wohnungen in Wuppertal war ein Punkt, der wie ein Felsbrocken seine Beziehung zu den Gesellschaftern zu belasten begann. Alle Lösungsversuche waren bisher gescheitert und es fehlte an weiteren Ideen, dieses Problem zu lösen. Denn so lange die Wohnanlage in Wuppertal immer noch Anlass für Recherchen und interne Prüfungen seitens der Hypothekenbank und mittlerweile auch der Staatsanwaltschaft war, konnte es Rückschlüsse auf die Firma geben. Wenczowsky wusste zu genau, dass in diesem Augenblick die Zusammenarbeit mit Großkreuz und Müller sehr schnell zu Ende gehen konnte. Am Abend leistete er sich ein gutes Glas Rotwein, sah sich, was er selten tat, einen spannenden Kriminalfilm zu Hause an und ging auch ganz gegen seine Gewohnheit bereits um dreiundzwanzig Uhr ins Bett. Auch wenn er nicht sehr gut schlief, erwachte er doch einigermaßen ausgeruht. Nach einer ausgiebigen Dusche zog er sich an und fuhr zu einem kleinen Bistro, um ein ruhiges, opulentes Frühstück zu sich zu nehmen.

Als er ins Büro kam, waren Großkreuz und Müller bereits da. Das war völlig ungewöhnlich und hat es in seiner Zeit im Unternehmen bisher nicht gegeben. Eher kamen die Herren deutlich zu spät oder ließen Termine ganz ausfallen, wenn andere interessante Ereignisse wichtiger zu sein schienen. Was bedeutete diese Überpünktlichkeit?

„Guten Morgen, meine Herren, so überaus pünktlich heute?", begrüßte Wenczowsky die beiden Gesellschafter. Was als fröhliches ‚Guten Morgen' gedacht war, ging als Bemerkung voll daneben. Sowohl Großkreuz als auch Müller sahen erst sich und dann Wenczowsky eher angewidert als freundlich an.

„Wenn Sie immer so spät ins Büro kommen, dann können Sie natürlich nicht wissen, was heute Morgen für ein unfreundlicher Brief ins Haus geflattert ist." Müller war seine Verärgerung deutlich anzumerken. „Ein Schmidbauer aus Kaarst hat uns über einen Anwalt angeschrieben und will, dass wir die von ihm gekauften Wohnungen in Wuppertal zurücknehmen. Er fühlt sich von dem Vertrieb Paul und Paul betrogen und droht uns mit einer Anzeige wegen Beihilfe beim bandenmäßigen Betrug mit Immobilien. Und wissen Sie, wen er als Anwalt hat? Meinen alten Partner Hollenweber, mit dem ich im größten Streit auseinandergegangen bin. Hollenweber kennt mich und er hat mich in unseren früheren gemeinsamen Vorgängen bestens kennengelernt. Er ist zwar nicht so gut wie ich, aber er ist ein scharfer Hund und ein ausgeprägtes Schlitzohr. Genau das wollen wir nicht."

Großkreuz beugte sich vor und sah Wenczowsky mit stechenden Augen direkt an.

„Warum sind die Wohnungen, die Sie zurückgekauft haben oder rückabgewickelt haben, noch in unserem Bestand? Warum haben Sie keinen Käufer gefunden? Kaufen Sie die Wohnungen selbst, wenn Ihnen nichts Besseres einfällt. Sie sind Geschäftsführer und ich finde es eine Farce, dass wir uns mit solchen Dingen überhaupt herumschlagen müssen."

Jetzt war es an Wenczowsky, erstaunt und verärgert zu sein. Er holte tief Luft und überlegte sich seine Antwort gut, so gut, wie er es in dieser vom Adrenalin gesteuerten Situation konnte.

„Ich darf Sie daran erinnern, dass es Ihr Wunsch war, Herr Großkreuz, Ihrem Kunden die Wohnungen wieder abzunehmen. Ich habe Ihren Wunsch umgesetzt. Neue Käufer haben wir nicht gefunden, weil zu genau diesem Zeitpunkt Paul und Paul aufgefallen waren und es sich blitzschnell in der Branche herumgesprochen hatte, dass die Wohnanlage in Wuppertal erhebliche Probleme hat und die Bewertung durch den Architekten Drescher manipuliert war. Daher wollte niemand mehr die Immobilie anfassen. Und meiner Meinung nach ist es durchaus nicht falsch, wenn wir in der Wohnanlage auch noch Wohnungen halten, denn damit ist es schwieriger, uns der gezielten Manipulation zu bezichtigen, denn wir haben mit den gleichen Problemen zu kämpfen wie die anderen Käufer. Also bitte, Herr Großkreuz, warum sitzen wir heute zusammen? Ist es das schlechte Morgengefühl des Herrn Müller, dass er es mit einem ebenbürtigen Gegner aus seiner Anwaltsgeschichte zu tun bekommt oder gibt es noch einen weiteren Grund?"

Müller sah auf seine Unterlagen, den Brief von Schmidbauer und das Anschreiben des Anwalts.

„Mein liebenswerter Kollege Hollenweber wird Anzeige gegen unser Haus einreichen, gegen die Hypothekenbank in Stuttgart und natürlich gegen den Vertrieb Paul und Paul wegen gewerbsmäßigen Betrugs. Durch den Vorwurf des bandenmäßigen Vorgehens wird eine Dimension erreicht, die den Vorgang direkt beim Landgericht ansiedelt. Wissen Sie, Herr Wenczowsky, was das bedeutet? Ich will nicht in solche Machenschaften hineingezogen werden. Das hätten Sie wissen und erkennen müssen und Sie hätten das verhindern müssen. Schließlich sind das Ihre Verbindungen, die Sie in unser Unternehmen eingebracht haben …!"

Müller redete sich immer mehr in Rage und seine Aussprache wurde mit dem Grad seiner Erregung immer feuchter und tausende kleiner Speicheltröpfchen benässten die Tischoberfläche. Großkreuz studierte das Schreiben von Schmidbauer und das dazugehörige anwaltliche Anschreiben. Das Schreiben war die ultimative Forderung, den Verkauf mit Herrn Schmidbauer rückwirkend zu annullieren und den seinerzeitigen Kaufpreis einschließlich der zwischenzeitlich gezahlten Zinsen und Gebühren zurückzuzahlen. Das beinhaltete natürlich auch die Barmittel und Vermittlungsprovisionen, die in dem Abschluss untergebracht waren. Das durfte auf keinen Fall passieren, denn mit einer auch außergerichtlichen Einigung würde eine Lawine losgetreten, die schließlich zur Rückabwicklung aller Kaufverträge der Wohnanlage Wuppertal führen würde und einer Schuldanerkenntnis hinsichtlich eines gewerbsmäßigen Betruges durch Fälschung von Verkaufsunterlagen, und was alles noch daran hängen konnte, gleichkam. Müller war schließlich Anwalt und er erkannte die Gefahr, die in dem Schreiben und der Anschuldigung lagen. Daher seine Wut. Auch bei Großkreuz keimte das Gefühl auf, dass sich ein Sturm entwickelte, der erste heftige Böen vorausschickte. Und in den Köpfen beider Gesellschafter entstand der dringende Wunsch, jetzt schon die Abwehr zu aktivieren. Sie suchten ein Bauernopfer, jemanden, der für die möglichen Vorwürfe, insbesondere für die Betrugsvorwürfe zur Verfügung stand. Und genau für diesen Fall hatten Großkreuz und Müller seinerzeit beschlossen, nie selbst als Geschäftsführer bei der ImRe Immobilie und Rente GmbH zu agieren. Es gab auch keine schriftlichen Notizen oder Schreiben, die die Unterschriften von Müller und Großkreuz trugen. Sie hatten eben bei der Errichtung der Gesellschaft an alles gedacht, um sich selbst und ihr direktes persönliches Umfeld aus jeder Verantwortung herauszuhalten. Dafür hatten sie häufiger den Geschäftsführer gewechselt und einen Teil der Gewinne der Gesellschaft für dessen Gehalt ausgeben müssen. Aber das war ihnen schon in den Vorüberlegungen die Sache wert. Vermeidung von Risiken kostete Geld, aber das war, so wie es jetzt zu erwarten stand, gut angelegt.

„Sorgen Sie dafür, dass wir die zurückgenommenen Wohnungen unverzüglich verkaufen und wenn Sie sie selbst übernehmen, das ist uns egal", entschied Großkreuz. „Und klären Sie, wie die Sache mit Paul und Paul steht. Ich will wissen, ob die schon eine Anzeige am Bein haben. Vor allem aber werden wir keine neue Wohnanlage ins Portfolio nehmen, solange die Sache nicht ausgestanden ist. Sagen Sie das aktuelle Angebot noch heute ab."

„Haben Sie für mich die wichtigsten Dokumente des Vorhabens Wohnanlage Wuppertal herauskopiert? Ich will wissen, ob noch von anderen Seiten Probleme entstehen können. Ich hasse es, wenn ich mich um alles selbst kümmern muss. Wofür bezahlen wir Sie eigentlich?" Müllers Erregung und Verärgerung war immer noch deutlich erkennbar.

Wenczowsky erkannte, dass er auf der Schlachtbank saß, er sollte das Bauernopfer sein, wenn es hart auf hart käme. Die beiden Gesellschafter bereiteten ihn als Opfergabe vor und er kam sich schlagartig nicht mehr als Minderheitsgesellschafter, schon gar nicht als Mitgesellschafter auf Augenhöhe vor, sondern als leibeigener Geschäftsführer, Handlanger und Sündenbock, als Ausführungsgehilfe zweier Marionettenspieler. Er stand auf und entschuldigte sich mit einem kurzen Gang zur Toilette. Im Herausgehen legte er die Mappe Wuppertal vor Müller hin. Nachdem er den Raum verlassen hatte, sahen sich Müller und Großkreuz an.

„Was haben wir hier noch zu suchen? Unsere Arbeit ruft und Wenczowsky kann uns auch telefonisch berichten."

Beide standen auf und verließen das Besprechungszimmer und das Büro und fuhren mit ihren neuen Fahrzeugen, einem Ferrari und einem Aston Martin weg.

Wenczowsky war überrascht, als er bei seiner Rückkehr das leere Besprechungszimmer sah. Ohne sich zu verabschieden, seien sie gegangen, sagte die Dame am Empfang und wunderte sich über seinen erstaunten Gesichtsausdruck. Es war Wenczowsky schlagartig klar, dass er eine Entscheidung treffen musste. Er wusste, dass seine Zeit im Hause der ImRe Immobilie und Rente GmbH zu Ende ging und jetzt musste er höllisch aufpassen, dass Großkreuz und Müller ihm nicht auch noch beruflich das Genick brachen. Er entschloss sich, das Büro zu verlassen. Seine persönlichen Unterlagen waren bei ihm zu Hause und jetzt schien es ihm richtig, seinen Gesellschaftervertrag und den Geschäftsführervertrag noch einmal im Detail zu studieren und möglicherweise auch einen befreundeten Anwalt zu konsultieren.

An diesem Nachmittag erschien ein stiller, bescheidener und unauffälliger Mann im Büro der ImRe Immobilie und Rente GmbH und bat um ein Gespräch mit der Geschäftsführung. Als man ihm gesagt hatte, dass niemand von der Leitung im Hause wäre, wandte er sich um und verließ ohne weitere Fragen das Büro. Er wurde nicht nach seinem Namen und seinem Anliegen gefragt und niemand im Hause ImRe Immobilie und Rente GmbH hatte Herrn Schmidbauer zuvor gesehen.

XVIII

Thomas Schmidbauer ging durch die Straßen von Düsseldorf auf seinem Weg zum Hauptbahnhof. Weder sah er die Menschen, die ihm begegneten, noch sah er die Auslagen der Geschäfte noch die architektonischen Besonderheiten der neuen Bürogebäude der Stadt. Langsam, mit heruntergezogenen Schultern und hängendem Kopf schlich er ziellos umher, von den Menschen, die ihn wahrnahmen, abwertend mitleidig als psychisch krank oder betrunken eingestuft. Sein Besuch bei der ImRe Immobilie und Rente GmbH war genauso ohne Erfolg verlaufen, wie alle anderen Versuche, irgendetwas zu erreichen. Stattdessen überbot eine Enttäuschung die andere, alle Seifenblasen der Hoffnungen zerplatzten, und das Loch, in das er fiel, erwies sich als immer tiefer. Bei seiner Arbeitsstätte ließ er sich nur noch stundenweise sehen. Seine Ausreden nahm niemand mehr ernst. Nur weil er ein guter Geschäftsstellenleiter gewesen war, nahmen ihn die Mitarbeiter noch in Schutz und glichen sein Fehlen durch besonderen Einsatz aus, wenn auch ihr Verständnis langsam nachließ.

Zu Hause ließ Schmidbauer sich nur noch zum alleinigen Abendessen sehen, bevor er sich müde und geistig leer in sein Büro im Keller zurückzog, wo er sich, dankbar, mit niemandem reden und Fragen beantworten zu müssen, auf seinem alten Sofa zum Schlafen niederlegte. Sein Aussehen wurde ungepflegt. Er rasierte sich kaum noch, seine Anzüge hatten Flecken und die Schuhe waren nicht geputzt. Die Haare wuchsen bis zur Schulter und die Fingernägel glichen denen eines Gartenarbeiters. Er verlor immer mehr an Gewicht und glich bald dem

Aussehen eines Obdachlosen. Er hatte weder den Mut noch die Verzweiflung, jemanden auf sein Problem anzusprechen und um Hilfe zu bitten. Alle, die ihn kannten, sahen seine Not und jeder versuchte, ihm aus dem Weg zu gehen, um sich die Zurückweisung eines Wunsches von ihm, möglicherweise sogar um Geld, zu ersparen. Er nahm sich vor, am nächsten Tag einen letzten Versuch zu unternehmen, mit der Geschäftsleitung der ImRe Immobilie und Rente GmbH eine Lösung für sich zu finden. Denn seitens des Vertriebs Paul und Paul erwartete er keine Hilfe mehr, die Hypothekenbank verlangte ihr Geld zurück, wenn die letzte Frist in einer Woche auslaufen würde, seine Hausbank hatte seine Konten gesperrt und löste keine Verpflichtungen mehr ein, die Versicherungen wurden nicht mehr bezahlt, sein Auto war von einer Inkassofirma abgeholt worden. Zu guter Letzt war ihm angedeutet worden, dass er mit einer Abmahnung seitens seines Arbeitgebers rechnen musste. Er erkannte, dass seine Ehe am Ende war. Seine Frau Sabine brachte gerade noch das Geld für Lebensmittel auf und seine Tochter Isabella ging neben ihrer Schule einer Aushilfstätigkeit nach, um wenigstens einige Euros zum Lebensunterhalt beizutragen und sein kleiner Marko trug Zeitungen aus, damit er etwas Taschengeld hatte. Jetzt stand auch die Versteigerung des Hauses an – mit der entsprechenden Veröffentlichung in der Tageszeitung. Dann hatten es alle Nachbarn, Freunde und Verwandten schriftlich, dass er, Thomas Schmidbauer, am Ende war. Und wieder setzten seine Depressionen und sein unendliches Selbstmitleid ein. Er hatte sich, das redete er sich ein, immer für Sabine und die Kinder krummgelegt, ihnen alles ermöglicht und niemand hatte je danach gefragt, wie er das alles gemacht hatte. Alle haben nur von mir genommen, keiner hat etwas zurückgegeben. Er war immer gut dafür, Partys zu organisieren und in der Kneipe einen auszugeben. Alle haben nur von ihm genommen. Die Autos konnten nicht groß genug sein, die Urlaubsreisen nicht weit genug und die Kleidung nicht teuer genug.

Thomas regelte das schon. Alles lastete auf seinen Schultern. Er ...
immer nur er ... Nicht einmal fragte er sich, wer jetzt das Abendessen
bezahlte und vorbereitete, das er immer noch jeden Abend auf dem
Küchentisch vorfand. Niemals fragte er sich, wie es Sabine und den
Kindern ging, die ihm zwar aus dem Weg gingen, aber jede auf ihre
Weise zum Überleben beitrugen, sei es durch Arbeitsleistung oder durch
Verzicht. Nein, er sah nur sich als Opfer einer Entwicklung, für die er
sich nicht die Schuld gab.

In der Nacht, die sich langsam und bleiern über ihn legte, fand er
natürlich keine Ruhe. Zu viele selbstzerstörende Gedanken geisterten in
seinem Kopf. Thomas Schmidbauer sehnte den Morgen herbei. Als die
ersten Vögel den aufgrauenden Morgen begrüßten, stand er auf. Er
schlich zur Dusche, wusch sich ausführlich und zog sich die saubersten
Sachen an, die er in seinem Wäscheberg, der ungeordnet über einem
Sessel in seinem Arbeitszimmer lag, fand. Eine Anzughose, ein fast
frisches Hemd und eine Jacke rundeten seine insgesamt doch unzurei-
chenden Bemühungen ab, wenigstens einigermaßen den Anforderungen
an ein ordentliches Aussehen zu entsprechen. Die Schuhe wischte er sich
an seiner Hose einigermaßen sauber. Frühstück gab es keines. Woher
auch, niemand hatte es ihm vorbereitet. Um sieben Uhr verließ er leise
das Haus und wusste doch, dass Sabine, Isabella und Marko seine
Aktivitäten anhand der Geräuschkulissen genauestens verfolgt hatten,
während sie still in ihren Betten lagen. Sein Weg führte ihn direkt in den
Buchladen. Vielleicht fand er noch etwas zu essen im Kühlschrank,
Reste der Mitarbeiter vom Vortag. Kaffee war immer genug vorrätig und
an seinem Schreibtisch konnte er sich hoffentlich auf den Tag, von dem
er nicht wusste, was er brachte, vorbereiten. Eine trockene Scheibe
Graubrot, mit Marmelade bestrichen, reichte als Frühstück und stillte
den Hunger. Der Kaffee, stark und schwarz, lief durch die Maschine und
stand dampfend in der Tasse auf seinem Schreibtisch. Milch war zwar

vorhanden, aber sie roch schon säuerlich und Thomas Schmidbauer verzichtete gerne darauf. Er lehnte sich in seinem Sessel zurück, legte die Füße auf den Schreibtisch, verschränkte die Arme hinter dem Nacken und dachte intensiv darüber nach, wie er seinem und dem Leben seiner Frau und seiner Kinder ein schnelles und nicht allzu schmerzhaftes Ende bereiten konnte. Er versank tief in seinen Gedanken, es war fast wie eine Selbsthypnose, in der er unterging. Gift, Revolver, Messer waren die Ideen, die ihm kamen und die er verwarf. Ein Autounfall schien schon interessanter, allerdings hielt ihn das Restrisiko, zu überleben, letztendlich von der Konkretisierung der Idee ab. Das eigene Haus anzustecken, war zu risikoreich, weil es auch die Nachbarn treffen könnte. In diesem Moment erkannte er, dass die Einbeziehung von Sabine, Isabella und Marko nicht fair war. Denn die hatten mit seinem Unglück, in das er sich getrieben fühlte, nicht direkt, nein, überhaupt nichts zu tun. Gut, es gab ihre dauernden Forderungen nach immer neuen Handys, Fernsehern, Kleidung, Essen, Urlaub, Schmuck und Partys, nach höherem Taschengeld und so weiter und so weiter. Aber Thomas Schmidbauer war sich gegenüber ehrlich, als er erkannte, dass er auch einmal hätte „NEIN" sagen können. Aber das waren seine Eltern, insbesondere seine Mutter, schuld, die ihn zu einem Ja-Sager erzogen hatte, der es immer allen recht machen und für jeden und alle ein Gut-Mensch sein sollte. Ja, die Mutter war für sein Desaster verantwortlich, natürlich auch die Vermittler Paul und Paul, die ihn reingelegt hatten, die Banken, die offensichtlich gegen bestehende Richtlinien verstoßen hatten, der Verkäufer der Immobilienanlage in Wuppertal, dem das Schicksal der Käufer völlig egal war und tatsächlich jeder, der nur irgendwie mit dem Geschäft in Kontakt gekommen war. Thomas Schmidbauer fand viele Schuldige, die zu seinem Nachteil gehandelt hatten. Nur sich selbst ließ er bei der Betrachtung der Schuldigen außer Acht. Er war der Betrogene, das Opfer. Seine eigene Schuld gestand er sich nicht ein. Warum auch, wenn er doch so viele Schuldige gefunden hatte? In seinen Gedanken entstand eine immer stärkere Wut. Bis wenige Minuten vor neun Uhr, kurz bevor seine beiden Mitarbeiterinnen ins Büro kamen, bereitete er sich auf einen weiteren Besuch bei der ImRe Immobilie und Rente GmbH vor. Er wollte die Menschen kennenlernen, die das Geschäft initiiert und ihn ins Unglück gestoßen hatten und hegte tatsächlich die Hoffnung, eine Lösung für sich zu finden. Er räumte seinen Schreibtisch ein klein wenig von den Überresten des Frühstücks sauber, stellte den nicht getrunkenen Kaffee in die kleine Küche und verließ den Buchladen, um sich auf den Weg zum Büro der ImRe Immobilie und Rente GmbH zu machen, mit der Regiobahn natürlich, in der Hoffnung, dass er schwarz bis zum Hauptbahnhof nach Düsseldorf fahren konnte.

Es dauerte über eine Stunde, bis er vom Hauptbahnhof in Düsseldorf zu Fuß in das Stadtviertel gelaufen war, in dem die Firma residierte, ein ruhiges, elegantes Stadtviertel mit erstklassigen Adressen und sehr reichen Bewohnern. Am Tag zuvor war ihm nicht so sehr aufgefallen, wie elegant die Gebäude waren, wie gepflegt die Vorgärten, wie teuer die Fahrzeuge, die am Straßenrand standen. Alles strahlte ruhige Eleganz aus und verbreitete den Geruch von Geld, viel Geld und ein wenig roch er auch das Blut, das dem Geld anhaftete. Als er auf den modernen Klingelknopf der ImRe Immobilie und Rente GmbH drückte, hörte er kein Klingeln. Ein teures Auto fuhr leise an dem Haus vorbei. Dann wurde er nach seinem Namen und dem Grund seines Besuchs gefragt.

„Ich möchte gerne mit Ihrem Geschäftsführer Herrn Wenczowsky sprechen, wenn das möglich ist!", antwortete er zögernd, höflich und, wie es ihm anerzogen worden war, diskret zurückhaltend.

„In welcher Angelegenheit bitte?"

„Es geht um eine Frage bezüglich einer Ihrer Immobilienanlagen!" Thomas Schmidbauer verschleierte bewusst den wahren Grund, weil er sich erhoffte, dass man ihm so die Tür leichter und schneller öffnen würde. Und tatsächlich ertönte das Summen des Türöffners und die schwere Glastür sprang auf. Thomas Schmidbauer trat zögernd ein und sah sich um, wohin er gehen musste. Der Eingang zum Büro der ImRe Immobilie und Rente GmbH lag genau gegenüber und öffnete sich. Eine sehr attraktive, junge Frau öffnete diese Tür und sah ihn erwartungsvoll und mit einem geübt freundlichen Lächeln an.

„Guten Morgen, kommen Sie bitte herein!", wurde er aufgefordert. „Mein Name ist Patrizia Bauer, ich bin die persönliche Assistentin von Herrn Wenczowsky. Herr Wenczowsky ist noch nicht im Büro. Wir erwarten ihn aber jeden Moment. Darf ich Sie in unser Besprechungszimmer bitten?"

Ohne eine wirkliche Antwort abzuwarten, drehte sich die großgewachsene Assistentin um und ging voraus. Thomas Schmidbauer folgte ihr und sah aus dem Augenwinkel den großen Raum, in dem sich zwei Schreibtische befanden, die riesige Fensterfront, die einen tollen Ausblick auf die gepflegte Parkanlage eröffnete. Großformatige, grellbunte Bilder hingen an den Wänden und modernste Computer und technische Gerätschaften standen auf den Tischen. Der Boden war mit Eichenholz ausgelegt, Deckenstrahler beleuchteten indirekt den Flur. Die Türen waren alle geschlossen. Thomas Schmidbauer war überaus beeindruckt. Das Besprechungszimmer war ebenfalls groß und mit einem eleganten, hellblauen Teppichboden ausgelegt. Man hatte den Eindruck, dass sich der Raum direkt in den sich anschließenden Garten verlängerte. An den Wänden standen weiße Bücherregale mit hunderten Fachbüchern und Fachzeitschriften aus der Welt der Immobilien. Thomas Schmidbauer war beeindruckt. Er blieb an der Tür stehen und die Assistentin forderte ihn auf, Platz zu nehmen.

„Mögen Sie einen Kaffee oder lieber ein Glas Wasser?", fragte sie ihn.

Er entschied sich für einen Kaffee, was die nächste Frage geradezu provozierte.

„Mögen Sie einen normalen Kaffee, einen Milchkaffee, einen Cappuccino oder einen Espresso?"

„Einen Milchkaffee bitte", antwortete er.

Dann war er alleine. Konnte es sein, dass ein so elegantes Büro nur dazu da war, Besucher und Kunden zu täuschen, zu verführen? Alles sah so gediegen, so elegant, so seriös und vertrauenerweckend aus. Nein, das war kein Büro eines Betrügers. Dessen Büro sollte doch immer schon zu erkennen sein, weil es ein wenig abgewrackt und unaufgeräumt aussah, staubig und düster, mit unfreundlichen Mitarbeitern. Thomas Schmidbauer verwechselte den schönen Schein des Betrugs mit den düsteren Darstellungen in den Fernsehkrimis, die streng der Regievorgabe folgten, Gut und Böse erkennbar zu machen, und dies den Zuschauern auch direkt bildhaft darstellten.

Das Böse im wirklichen Leben sieht schöner aus, als es die Absichten vermuten lassen. Schönes verdeckt die bösen Absichten, Betrug wird elegant verpackt, damit das Ergebnis stimmt. Investiert wird ein Teil des ergaunerten Geldes, um das Umfeld zur Mausefalle umzugestalten. Der schöne Schein betört und macht blind. Investoren fallen immer wieder darauf herein.

Selbst Thomas Schmidbauer, der bereits in der Falle saß, war geblendet und hoffte ob des schönen Scheins auf einmal wieder, dass alles nur ein böser Traum war. Auch wenn ihm völlig bewusst war, dass Schulden nicht durch Kredite getilgt werden konnten, so überlagerten die geschickten Verkaufsargumente überzeugender Verkäufer noch jetzt seine Bedenken. Was ihm angeboten worden war, konnte doch nicht so falsch gewesen sein, dass er jetzt um seine Zukunft bangte, schlimmer noch, um sein Leben kämpfte.

An den blütenweißen Wänden hingen Bilder von verschiedenen Immobilien. Bei strahlendem Wetter aufgenommen sahen alle Gebäude sehr schön aus, geschickt fotografiert, mit einigen Sträuchern im

Vordergrund und aufgrund der abgeschlossenen Schönheitssanierung wie neu. Auch einige Gewerbeimmobilien und Bürohäuser waren abgebildet. Die jeweiligen Beschriftungen zeigten an, dass die ImRe Immobilie und Rente GmbH alle abgebildeten Gebäude vermarktet hatte. Diese Art der Eigenwerbung hatte den erwünschten Erfolg, Thomas Schmidbauer fühlte sich plötzlich wieder sicher, dass das Unternehmen seriös sein musste. Neben den aktuellen Tageszeitungen lagen auch Verkaufsprospekte auf dem kleinen Sideboard. Die kühle Eleganz des Büros schien Thomas Schmidbauer in dem leicht schwingenden Bürosessel festzuhalten. Er traute sich nicht, eine der Tageszeitungen zu nehmen oder einen Prospekt zu lesen. Er saß still und wartete und hoffte, von seinem Gesprächspartner, den er nur einmal, nämlich beim Kaufvertragstermin im Notariat gesehen hatte, Hilfe zu bekommen zur Lösung seiner tatsächlich hoffnungslosen Situation. Er merkte nicht, wie sich die vergangenen Sekunden zu Minuten addierten und auf eine halbe Stunde anwuchsen. Sein Kaffee war bereits ausgetrunken. Er war immer noch alleine. Als dann die Tür aufging, erschrak Thomas Schmidbauer und mit dem Erschrecken zerfiel sein Hoffnungspuzzle in tausende kleine Teile. Er war wieder in der Wirklichkeit angekommen, aus den Träumen von einer guten, heilen Welt zu den bösen Tatsachen zurückgeholt worden, schnell, erbarmungslos und eingeschüchtert.

„Guten Morgen, Herr Schmidbauer, mein Name ist Konrad Wenczowsky, ich bin der Geschäftsführer. Ich freue mich, Sie wiederzusehen. Wie geht es Ihnen?"

Thomas Schmidbauer erhob sich langsam und erschöpft aus dem bequemen Bürostuhl.

„Danke, gut. Vielen Dank, dass Sie sich Zeit für mich nehmen."

„Behalten Sie doch Platz, möchten Sie noch einen Kaffee oder ein Wasser?"

„Nein, nein nichts, danke."

Die Begrüßung war sehr viel angenehmer, als sich Thomas Schmidbauer das vorgestellt hatte. Keine Arroganz war zu spüren, stattdessen Freundlichkeit. Konrad Wenczowsky nahm seinem Gast gegenüber Platz und sah ihn an, wartete darauf, dass er seine Fragen stellte, Fragen, die er schon kannte, bevor auch nur das erste Wort fiel. Er hatte die letzten Minuten genutzt, um noch einmal das Anschreiben des Herrn Hollenweber, der von Thomas Schmidbauer beauftragte Rechtsanwalt, zu studieren, um für das Gespräch gewappnet zu sein.

„Ich bin Investor von mehreren Wohnungen in Ihrer Wohnanlage in Wuppertal. Der Vertrieb Paul und Paul hat mir vor Jahren zum Erwerb der Wohnungen geraten. Jetzt kann ich die Raten nicht mehr zahlen und die Mieter haben die Mietzahlungen eingestellt. Die finanzierende Bank in Stuttgart hat die Zwangsversteigerung eingeleitet und … ich bin pleite!"

Zum Ende der Erklärung erhob sich die Stimme von Thomas Schmidbauer immer mehr, die letzten Worte waren ein einziger Aufschrei.

„Oh, das tut mir leid, Herr Schmidbauer, wie kann ich Ihnen helfen?"

„Nehmen Sie die Wohnungen zurück! Geben Sie mir mein Geld wieder! Oder sorgen Sie wenigstens dafür, dass die Mieten gezahlt werden! Ich kann nicht mehr! Ich weiß nicht mehr ein noch aus. Meine Familie zerbricht, ich verliere meine Anstellung. Alles, was wir hatten, ist bereits verloren, unser Haus in Kaarst, unsere Autos, unsere Barreserven. Ich habe nichts mehr …" Die Stimme versagte ihm und Tränen füllten seine Augen, die wie in einem letzten Kampf noch voller Leben leuchteten. Es entstand eine bleierne Pause, Thomas Schmidbauer konnte nicht mehr weitersprechen, und Konrad Wenczowsky wusste nicht, was er antworten sollte.

„Herr Schmidbauer, Ihre Offenheit ehrt Sie, aber wir von der ImRe Immobilie und Rente GmbH können Ihnen nicht helfen. Wir haben seinerzeit die Immobilie zum Verkauf angeboten und Verträge mit dem Vertrieb Paul und Paul abgeschlossen. Diese Verträge sahen vor, dass der Vertrieb die Immobilie nach eigenen Kalkulationen im Markt platzieren konnte und uns pro Quadratmeter einen festgelegten Kaufpreis abführen musste. Wissen Sie, wir sind keine Verkaufsgesellschaft, sondern ein Unternehmen, das notleidende Immobilien übernimmt und saniert, um sie wieder zu günstigen Preisen in den Markt zu bringen. Wir sind Partner von großen Immobiliengesellschaften, Banken und privaten Großinvestoren und wir verstehen uns als Mittelsmänner zwischen professionellen Immobilienhändlern und den Menschen, die in der Immobilie eine langfristige und renditestarke Kapitalanlage für die Zeit nach ihrem aktiven Berufsleben suchen. Wir arbeiten in diesem Marktsegment seit vielen Jahren erfolgreich und seriös und ...“

Thomas Schmidbauer sprang aus seinem Sessel auf.

„Aber Sie wissen doch, dass Ihr Vertrieb, die Firma Paul und Paul die Immobilie als Rentenanlage anbietet, aber gleichzeitig eine riesige Finanzierung mit anbietet. Die Mieteinnahmen können die Belastungen doch gar nicht decken und die Vorteile aus den Steuerersparnissen reichen bei Weitem auch nicht aus, die Differenz zu decken. Das alles ist Betrug. Das müssen Sie doch wissen, denn Sie haben doch die Kaufverträge als Verkäufer unterschrieben und ...“

„Ja, richtig, ich habe die Verkaufsverträge unterschrieben. Aber ich weiß doch nicht, mit welchen finanziellen Möglichkeiten die einzelnen Käufer, so wie auch Sie, die Wohnungen erworben haben, mit welchen Zielsetzungen und mit welchen privaten Überlegungen. Wenn jemand eine oder so wie Sie mehrere Wohnungen als Kapitalanlage erwirbt, dann gehen wir selbstverständlich davon aus, dass die Käufer sehr wohl wissen, was sie tun und welches Risiko sie eingehen. Und für den Fall, dass uns ein potenzieller Käufer angesprochen hätte, hätten wir selbstverständlich darauf hingewiesen, dass der Erwerb einer oder mehrerer

Wohnungen unter Einbeziehung von Krediten ein Zuschussgeschäft ist." Thomas Schmidbauer sank in seinen Stuhl zurück. Jeder wusch seine Hände in Unschuld. Alle beteiligten Gesellschaften und Banken wollten angeblich nur ‚das Beste' für den Kunden, jeder schob die Verantwortung auf den anderen. Aber mit den Investoren gesprochen hat letztlich keiner. Und in diesem Moment wurde ihm wieder einmal bewusst, dass er auch mit niemandem hätte sprechen können, denn die Absprachen, die er mit dem Vertrieb getroffen hatte, ermöglichten ihm auch, eine Menge Bargeld zu akquirieren und mit der Mietgarantie auch wenigstens für die ersten zwei Jahre ein Einkommen zu erzielen, das vierundzwanzig Monate lang eine sogenannte „Null-Nummer" aus dem Kauf machte. In diesem Augenblick war Thomas Schmidbauer wieder in der Gegenwart angekommen. Er hatte gewusst, was er tat und es war sein Wunsch, diese Investition zu machen. Ihm war klar, dass er sein Elend selbst schuld war. Mit tränenerstickter Stimme wandte er sich ein letztes Mal an Konrad Wenczowsky. „Haben Sie keine Möglichkeiten, mir aus der Scheiße herauszuhelfen? Ich kann nicht mehr und ich kenne niemanden, der mir hilft. Bitte!" Das vor wenigen Augenblicken noch erkennbare Aufleuchten in seinen Augen war erloschen. Es verschwand mit der letzten Bitte gänzlich und wich einer unendlichen Leere. Es war ein verzweifeltes Flehen und seine leeren, tränenüberfluteten Augen sahen nur das leichte Kopfschütteln seines Gesprächspartners. Konrad Wenczowsky war ebenfalls verzweifelt, weil er einerseits genau wusste, wie das Geschäft auch bei Herrn Schmidbauer abgelaufen war, er aber andererseits keine Zugeständnisse machen durfte, die eine Kettenreaktion auslösen würden. Es ging ja auch um seine eigene Reputation, um sein berufliches Überleben, das sicherlich nicht mehr im Hause der ImRe Immobilie und Rente GmbH stattfinden würde. Das war ihm nach diesem Gespräch klar geworden. Schweigen füllte den Raum, minutenlang saßen sich die beiden Männer gegenüber, sahen sich in die Augen und jeder von ihnen fühlte tiefen Schmerz in seinem Innersten, aus unterschiedlichen Gründen zwar und in der Intensität verschieden, aber trotzdem erkennbar, dass diese Schmerzen zu keiner Lösung führten. Thomas Schmidbauer stand ruhig auf und verließ ohne ein weiteres Wort das Büro der ImRe Immobilie und Rente GmbH. Er ging ruhigen Schrittes zurück zum Hauptbahnhof und fuhr von dort, wieder ohne ein Ticket zu lösen, mit der Regiobahn nach Kaarst. An seinem Arbeitsplatz angekommen, war er immer noch tief in Gedanken versunken.

Das Geschäft war pünktlich um zehn Uhr von seinen Mitarbeitern geöffnet worden und einige Kunden belebten die engen Gänge zwischen den vollgestellten Bücherregalen. Er nickte seinen Mitarbeitern gedankenentfernt zu und ging direkt in sein kleines Büro. Dort setzte er sich an seinen Schreibtisch und stützte seinen Kopf auf die Arme. Thomas Schmidbauer war nicht in der Lage, einen einzigen klaren Gedanken zu fassen, geschweige denn, einen Gedanken zu Ende zu denken. Einzig die brutale Erkenntnis, dass es keinen Ausweg mehr für ihn gab, beherrschte sein Denken. ,Was kann ich noch tun, was hilft mir, wer leiht mir Geld, wen kann ich ansprechen und um Hilfe bitten?' Alles drehte sich darum, die ausweglose Situation eben nicht durch eine private Insolvenz zu beenden, und eben sich selbst und seiner Familie eine ehrliche, ungeschminkte Wahrheit zu ersparen. Nicht einmal kam ihm die Idee, sich einem Menschen seines Vertrauens zu offenbaren und Hilfe von dritter Seite zu erbitten. Frau Kluge, seine Mitarbeiterin seit vielen Jahren, brachte ihm eine frische Tasse Kaffee herein. Sie merkte, dass es sinnlos war, ihn anzusprechen und verließ wortlos das kleine Zimmer, so, wie sie es schon so häufig in den letzten Monaten gemacht hatte. Sie wollte ihm gerne helfen, aber sie traute sich nicht, ihren Chef anzusprechen.

Die Zeit verging und Thomas Schmidbauer versank immer tiefer in seinen ausweglosen Gedanken. Was blieb ihm, er hatte alles verloren, was er sich erarbeitet hatte, er hatte Schulden, die er in seinem ganzen Leben nicht mehr zurückzahlen konnte, er hatte die Zuneigung seiner Frau und das Vertrauen seiner beiden Kinder verloren. Alle Freunde hatten sich von ihm und seiner Familie zurückgezogen, ja sie mieden den Kontakt erkennbar. Er hatte keinen Freund, mit dem er reden konnte, an den er sich hätte wenden können. Er war alleine mit einem unübersehbaren Berg an Problemen und absolut mutlos. Alle Menschen, die ihm in den letzten Jahren sogenannte Hilfen angeboten und vermittelt hatten, ließen sich verleugnen. Und bei diesem Gedanken packte ihn wiederholt die schiere Wut und er schlug mit der flachen Hand auf die Schreibtischplatte vor sich, dass die Mitarbeiter und Kunden im Geschäft erschrocken zusammenzuckten. Der Gedanke, der sich seit Monaten immer wieder mit bösartiger Wiederholung in seinem Kopf festsetzte, war plötzlich wieder da und verdrängte schlagartig alle andere Gedanken in seinem Kopf.

Weg, weg, nur weg von hier, von allen meinen Problemen weg, egal wohin, weg, raus, raus, raus …

Und Thomas Schmidbauer sprang auf und rannte fast aus dem Buchladen, Verständnislosigkeit und Erschrockenheit zurücklassend. Er war nicht mehr Herr seiner Gedanken. Das Wort, das ihn antrieb und führte hieß „WEG!"

XIX

Konrad Wenczowsky saß alleine in seinem eleganten Büro. Das Gespräch mit Thomas Schmidbauer hatte ihn viel mehr berührt, als er es sich selbst eingestehen wollte. Natürlich wusste er genau, welche Art von Immobilienanlagen der Vertrieb Paul und Paul konzipierte, wie die finanzielle Situation der Kunden ausgenutzt wurde. Er gestand sich ein, dass auch die ImRe Immobilie und Rente GmbH beteiligt war und daran verdiente, dass derartige Angebote im Markt erhältlich waren. Bisher hatte er eine eigene Verantwortung immer abgelehnt. Es hatte sich aber auch noch niemals in den letzten Jahren ein Investor wie Thomas Schmidbauer direkt und persönlich bei ihm gemeldet und um Rückabwicklung eines Abschlusses gebeten. Viel mehr aber noch als Thomas Schmidbauer, tangierte ihn natürlich die Situation, die zwischen ihm und den beiden Mehrheitsgesellschaftern entstanden war. Er war lange genug im Geschäft, um zu wissen, dass eine weitere Zusammenarbeit mit den Herren Großkreuz und Müller nicht mehr möglich, ja geradezu unmöglich war. Die beiden hatten ihn als Verantwortlichen aufgebaut und jetzt forderten sie seinen Kopf. Genau für eine solche Situation hatten sie ihn eingekauft, ihm ein üppiges Gehalt gezalt und ihn agieren lassen. Er hatte alle Unterschriften geleistet und stand damit in voller Verantwortung gegenüber den Kunden und Geschäftspartnern der Gesellschaft. Anwälte planen immer mehrere Schritte im Voraus und schätzen alle Eventualitäten ab, minimieren gleichzeitig ihr eigenes Risiko. In dieser Hinsicht handeln Banken und Anwälte sehr ähnlich. Sie empfehlen und haben doch nie eine Verantwortung, wenn das Ergebnis nicht ihren Aussagen entsprechend eintritt. Sie verdienen immer ihr Geld, egal wie sich ihre Empfehlung entwickelt. Kein Wunder, dass eine erfolgsorientierte Bezahlung von beiden Branchen nach wie vor rundherum abgelehnt wird.

Jetzt hatte Konrad Wenczowsky also den schwarzen Peter. In der vergangenen Nacht hatte er sich bereits überlegt und nach einer weitgehend schlaflosen Nacht entschlossen, einen Schlussstrich unter die Zusammenarbeit mit der ImRe Immobilie und Rente GmbH zu ziehen. Er öffnete seinen Laptop und schrieb seine Kündigung, deren Formulierung ihm von einem anwaltlichen Freund vorgegeben worden war.

Sehr geehrter Herr Großkreuz, sehr geehrter Herr Müller,

die in den letzten Wochen immer deutlicher erkennbaren, unterschiedlichen Auffassungen in der Erreichung der Unternehmensziele und meine Vorstellung von einer angemessen fairen Behandlung der Geschäftspartner lassen mich zu dem Entschluss kommen, dass eine weitere Zusammenarbeit in der ImRe Immobilie und Rente GmbH für mich nicht mehr möglich ist. Ich biete Ihnen daher die Rücknahme meiner Geschäftsanteile an. Das Wirtschaftsprüfungsbüro habe ich beauftragt, den aktuellen Wert meiner Anteile zu ermitteln. Ich bin überzeugt, dass eine einvernehmliche Einigung über die Höhe des Anteilspreises erzielbar ist und Sie die Anteile übernehmen werden.

Gleichzeitig lege ich meine Geschäftsführung mit dem heutigen Tage nieder. Entsprechend habe ich die Handelskammer Düsseldorf informiert und unseren Notar um die Vorbereitung eines entsprechenden Vertrags gebeten. Er wird uns in den nächsten Tagen einen Termin für die Vertragsunterzeichnung nennen.

Ich gehe davon aus, dass die reibungslose und zeitnahe Beendigung unserer Zusammenarbeit auch in Ihrem Sinne ist. Ich werde ab sofort keine Unterschrift mehr für das Unternehmen leisten. Entsprechend habe ich auch unsere Bankkontakte von meinem Ausscheiden aus der Gesellschaft benachrichtigt.

Mit vorzüglicher Hochachtung

Der Brief sollte bei den Mehrheitsgesellschaftern eine Reaktion auslösen. Und genau das geschah auch. Nachdem die Briefe mit einem Kurierdienst bereits zur Mittagszeit in den Büros der Herren Großkreuz und Müller abgegeben worden waren, begann dort hektische Betriebsamkeit. Die beiden Herren schlossen sich telefonisch kurz, sprachen mit dem Notar, klärten die rechtliche Situation ab. Besonderes Gewicht bekam die Frage, wie man den ausscheidenden Mitgesellschafter auch weiterhin im Obligo halten und gleichzeitig sicherstellen konnte, dass das Unternehmen nach außen weiter handlungsfähig war. Schließlich einigten sich die beiden Herren darauf, die Angelegenheit bei einem Abendessen in aller Ruhe zu besprechen und zu lösen. Probleme lösten die Herren meistens in angenehmer Atmosphäre ohne Störungen bei einem guten Essen und einem noch besseren Wein.

Klar war aber, dass man „Reisenden" keine Steine in den Weg legte, schon aus Prinzip. Konrad Wenczowsky hatte versagt und dafür musste er die Konsequenzen tragen. Tatsächlich waren beide Mehrheitsgesellschafter sogar stolz darauf, dass sie wieder einmal vorausdenkender und geschickter gehandelt hatten als ihre ,Marionette'.

Walter Großkreuz entschloss sich nach den verschiedenen Telefonaten, seine Arbeit für diesen Tag zu beenden. Der Nachmittag schien sehr gut geeignet, in den Golfklub zu fahren. Mal sehen, was sich dort ergab. Er ließ über seine Sekretärin alle Termine für den Nachmittag absagen und bestellte noch den Tisch zum abendlichen Treffen mit seinem Partner Müller im Ersten Restaurant in Düsseldorf und fuhr Richtung Golfplatz in wohliger Erwartung, was der Nachmittag Gutes bringen würde.

Das Gute saß bereits in Gestalt einer Freundin in der Bar des exklusiven Golfklubs, einen perfekt gemixten „Hugo", das In-Getränk der Saison, vor sich sowie zwei Hochglanzillustrierte mit den neuesten Modetipps auf dem Tisch. Madeleine und Annette waren die Ehefrauen von zwei Unternehmerbossen aus Düsseldorf, die jeden Tag aufs Neue versuchten, ihre viele Freizeit, die ihnen neben Friseur, Maniküre und Pediküre, Massage und dem Stress des Einkaufens blieb, sinnvoll zu gestalten. Mehrfach in der Woche traf man sie daher in der Bar des Golfklubs, in dem sie ihren teuren Jahresbeitrag nicht zum Golfen und gesunder Bewegung auf dem Platz verbrauchten, sondern mit guten, teuren alkoholischen Getränken, höchst oberflächlichen Gesprächen und dem neuesten Tratsch über die im wahrsten Sinne des Wortes Mit-Glieder des Klubs.

Walter Großkreuz erschien für die beiden genau im richtigen Moment. Mit einem Küsschen rechts und links auf die Wangen begrüßte man sich und versicherte sich, welch große Freude das unerwartete Zusammentreffen doch war. Der Nachmittag nahm seinen von den beiden Frauen und von Walter Großkreuz erhofften Lauf.

Horst Müller arbeitete in seiner Sozietät den Auflösungsvertrag mit Konrad Wenczowsky aus, der unter anderem die Höhe seiner Anteilswerte so lange offenließ, bis alle offenen Arbeiten und Abschlüsse aus der Zeit seiner Tätigkeit für das Unternehmen zu einem erfolgreichen Ende geführt worden waren, was noch Monate, wenn nicht Jahre dauern konnte. Selbstverständlich war er auch so lange persönlich im Obligo für eventuelle Rechtsansprüche dritter Seiten.

Thomas Schmidbauer folgte wie hypnotisiert dem Ruf einer Stimme, die ihm immer lauter und eindringlicher das Wort „weg" zurief und ihm tatsächlich jede Entscheidungsgewalt bereits abgenommen hatte.

Sabine Schmidbauer hatte eine Nachmittagsschicht in der kleinen Boutique übernommen, damit sich die Kollegin um ihre kranke Mutter kümmern konnte. Die zusätzlichen Euro konnte sie wirklich gut gebrauchen. Es war so viel zu tun an diesem Nachmittag, dass sie nicht einmal Zeit hatte, sich mit ihrer Tochter Isabella zu unterhalten, die zu einem Besuch in das Modegeschäft gekommen war.

Marko Schmidbauer spielte in seinem Verein mit seinen Freunden Fußball, nachdem das offizielle Training beendet war. Wie immer verausgabte er sich, war schweißgebadet und vor allem durch sein kämpferisches Spiel schmutzig. Sein Knie hatte er wie so häufig aufgeschrammt.

Konrad Wenczowsky verließ zur Mittagszeit das Büro. Er hinterließ entgegen seiner sonstigen Gewohnheit keine Information, wo er zu erreichen war an diesem Nachmittag. Er hatte seine wichtigsten persönlichen Papiere in einer Plastikkiste zusammengepackt und mitgenommen und diese in den Aktenschrank seines kleinen Büros in seiner Wohnung eingeschlossen. Dort bewahrte er bereits Kopien von den wichtigsten Vorgängen auf, die während seiner Zeit bei der ImRe Immobilie und Rente GmbH geschehen waren. ‚Vorsicht ist die Mutter der Porzellankiste.‘ An diese Lebensweisheit seiner Großmutter erinnerte er sich immer wieder. Das Kapitel ImRe Immobilie und Rente GmbH war in diesem Moment Vergangenheit geworden. Es sollte jedoch noch lange Zeit wie eine Klette an seinem Bein heften.

Die Staatsanwaltschaft in Bochum, spezialisiert auf Schwerpunktkriminalität entschied an diesem Nachmittag über eine Vorlage, mit der gegen den Vertrieb Paul und Paul Klage wegen gewerbsmäßigen Betrugs erhoben werden sollte. Die ImRe Immobilie und Rente GmbH stand zwar auch auf der Liste der beteiligten Firmen, zu einer Anklage in diesem Zusammenhang konnten sich die ermittelnden Staatsanwälte jedoch noch nicht entschließen. Dabei sollte es nach der Besprechung auch bleiben. Wenn auch der Verdacht nahe lag, dass für die ImRe Immobilie und Rente GmbH eine mitwirkende und planende Rolle bei den Geschäften nicht ausgeschlossen, aber eben auch nicht nachgewiesen werden konnte, reichte es nach der Auffassung des zuständigen Richters nicht für eine Anklage. Trotz verschiedener Anfragen bei den finanzierenden Kreditinstituten waren deren Antworten ausweichend. Die Institute konnten sich noch nicht einmal zu einer Anzeige gegen den Vertrieb Paul und Paul entschließen und erweckten den Eindruck, dass sie die zur Debatte stehenden Finanzierungen intern klären und auch ausbuchen würden, wenn es keinen anderen Ausweg gab. Und die im zeitlichen Zusammenhang mit den auffälligen Finanzierungen entlassenen Mitarbeiter standen angeblich in keinem Zusammenhang mit den Ungereimtheiten bei den Finanzierungsgenehmigungen. Tatsächlich musste die Staatsanwaltschaft auch die Frage klären, ob sie von sich aus mit einer Anklageerhebung den Mitarbeitern der finanzierenden Kreditinstitute den Streit erklären und die Firma ImRe Immobilie und Rente GmbH mit in das Verfahren einbeziehen sollte und so gezielt in ein Wespennest stechen und möglicherweise eine Lawine auslösen würde. Ergebnis der Besprechung war, dass nur gegen den Vertrieb Paul und Paul Anzeige erhoben wurde. Das Verfahren wurde allerdings nach Monaten weiterer Recherchen und Überlegungen nicht eröffnet.

XX

We g ! Thomas Schmidbauer zieht durch die Straßen von Kaarst. Er nimmt nicht wahr, wohin er geht, seine Gedanken kreisen um nichts mehr, in ihm herrscht Leere. Langsam, mit kleinen Schritten überquert er den Marktplatz, durchschreitet die Einkaufspassage, biegt in den neu angelegten Stadtpark ab. Auf einer Bank setzt er sich für einige Minuten, wendet sein blasses Gesicht der Sonne zu. Er schließt die Augen.

Plötzlich wird ihm bewusst, dass heute ein Termin mit dem Gerichtsvollzieher ansteht. Sein Schützenkamerad hatte ihm in den letzten Monaten immer wieder beratend und helfend zur Seite gestanden und für manche Forderung einen Zeitaufschub oder auch sehr geringe Teilzahlungen vereinbaren können. Aber auch seine mahnenden Worte, als die Gläubiger die Grundschulden zustellten, hatten Thomas nicht aus seiner Lethargie rütteln können. Er hatte sich in diesen Hilfsversuchen nicht ansprechbar gezeigt.

Die innere Stimme drängt ihn schon bald weiter. Er erhebt sich und automatisch führt ihn sein Weg an dem Schulzentrum vorbei zum Nordkanal, an dem Napoleon bereits gearbeitet hatte und der heute einem träge dahinfließenden Rinnsal ähnlicher ist als einer Wasserstraße für den Transport von Gütern. Irgendwann steht er vor dem Haus seiner Schwester. Er erkennt das gepflegte Anwesen. Vor dem Gartentor bleibt er einen Moment zögernd stehen. Dann geht er über den gepflasterten Weg zur Haustür und klingelt. Als seine Schwester ihm öffnet, sieht sie ihn erstaunt und fragend an. Er ist nicht so ungepflegt wie bei seinem letzten Zusammentreffen mit ihr. Aber seine Haare sind nicht ordentlich gekämmt und insbesondere seine Augen scheinen wässrig und durch alles und jeden hindurch zu blicken.

„Hallo Thomas, komm herein!", sagt seine Schwester. Aber Thomas hebt nur müde die Arme.

„Ich habe einen Termin bei der Zentrale des Buchhandels in Düsseldorf. Kann ich dein Auto haben, weil …" Er nicht, weiß wie er seinen Wunsch begründen soll und tiefe Verzweiflung steigt in ihm hoch

Er will sich schon abwenden. Doch seine Schwester erkennt die Not und glaubt ihm, dass er zu dem Termin muss und ganz offensichtlich kein Geld hat und natürlich auch kein Auto, um dorthin zu gelangen. Sie kennt natürlich seine Situation.

„Ich kann dir nur den alten Ka geben. Ich brauche das Auto erst wieder am Montag. Wenn du willst, kannst du ihn so lange behalten. Bring ihn am Sonntag zurück. Ist das für dich okay?"

Thomas nickt und seine Schwester nimmt den Autoschlüssel von der Schale, die in der Diele auf einem kleinen Schrank steht.

„Willst du nicht hereinkommen und etwas trinken oder essen?"

„Nein, ich habe keine Zeit, ich muss weg!"

Da ist es wieder, das Wort, das ihn seit Stunden leitet. Weg!

Die Schwester merkt deutlich, dass irgendetwas anders ist als sonst, aber sie traut sich nicht, weiter in ihren Bruder und seine Probleme einzudringen, nachzufragen, mit Worten zu helfen. Sie, wie alle anderen Familienmitglieder und Freunde, wissen sehr genau, was mit Thomas und mit seiner Familie nicht in Ordnung ist. Alle hatten in den letzten Monaten und in den letzten Wochen besonders deutlich erkannt, dass das Geldproblem gewaltig groß ist und wie schon früher will niemand nähere Details erfragen und Hilfe anbieten, um nicht auf Geld angesprochen zu werden. Auch wenn die Schwester ihm helfen will, so hofft sie doch, dass Thomas keinen entsprechenden Wunsch und keine entsprechende Bitte an sie richtet. Moralisch helfen war ja noch in Ordnung, aber was ist, wenn Thomas sie um Geld oder andere materielle Hilfe ersucht?

„Der Wagen steht direkt gegenüber unserer Auffahrt auf der Straße."

W e g !

Mit dem Schlüssel in der Hand dreht sich Thomas Schmidbauer um. Ein leise gemurmeltes „Danke!", dann ist er schon vom Grundstück und sieht vor dem Haus den kleinen, roten Wagen seiner Schwester. Er schließt auf, setzt sich hinein, startet den Motor und fährt langsam los, ohne Ziel, ohne Absicht, ohne Rettung. Seine Schwester sieht ihm nach und bleibt noch einige Momente an der Haustür stehen. ‚Hätte ich ihn zurückhalten sollen?', fragt sie sich. Sie weiß keine Antwort. Zurück bleibt bei ihr das ungewisse Gefühl, etwas falsch gemacht zu haben, ihren Bruder verloren zu haben.

W e g !

Über die Autobahn fährt Thomas Schmidbauer in Richtung Düsseldorf, biegt dann im folgenden Autobahnkreuz in Richtung Flughafen ab. Über die A 44 geht es weiter mit langsamer Geschwindigkeit über den Rhein in Richtung Velbert und Richtung Langenberg. Die Landschaft wird hügeliger, die Stadt entlässt ihn über die breite Autobahn in das sehr schöne Naherholungsgebiet. Irgendwann fährt er von der Autobahn ab, ziel- und planlos. Die Straßen werden schmaler und kurviger und der Asphalt schlängelt sich durch Wälder und Wiesen. Thomas Schmidbauer wird immer schneller.

W e g !

Seine Augen sind starr geöffnet, er sieht die Natur, aber er erkennt sie nicht.

W e g !

Er fühlt die Lebensenttäuschung in sich und die Ausweglosigkeit, die massiv auf ihm lastet.

W e g !

Er weiß, dass er sich keinem offenbaren kann, weil er es nie gelernt hatte.

W e g !

Seine Mutter, die ihm immer zur Seite stand und alle seine Probleme gelöst hatte, fehlt ihm.

W e g !

Niemand wollte ihm helfen, alle hatten ihn ausgenutzt. Jetzt fühlt er sich einsam, verlassen, müde und findet keinen Trost.

W e g !

Er drückt das Gaspedal weiter durch, die Reifen quietschen schon in den Kurven. Aber es geht noch schneller.

W e g !

In der nächsten Kurve kann ihm ein entgegenkommendes Fahrzeug noch gerade ausweichen, indem es über die Straßenbegrenzung fährt und Gras und Schmutz aufwirbelt und im letzten Moment verhindern kann, in den flachen Straßengraben neben der Straße geschleudert zu werden.

W e g !

Dann nähert sich der Sattelschlepper, dessen Fahrer sich bereits auf den Feierabend und die Freizeit mit seiner Familie freut. Er hört sehr laut Musik und singt einen deutschen Schlager aus seiner Jugendzeit mit.

Epilog

Die Firma ImRe Immobilie und Rente GmbH existiert weiterhin und verdient ihr Geld neben der Verwaltung von eigenen Bestandsimmobilien auch damit, marode Wohnanlagen oberflächlich zu sanieren und über Vertriebe weiter an Enderwerber zu verkaufen. Das Geschäft läuft weiterhin gut und ist überaus ertragsreich. Die Herrn Walter Großkreuz und Horst Müller finden einen neuen, jungen Geschäftsführer, der aus einer deutschen Bank abgeworben werden konnte, in der er für die Baufinanzierung verantwortlich war. ‚So lange es genügend dumme Menschen gibt, werden wir dieses lukrative Geschäft weitermachen' und ‚wenn wir es nicht machen, macht es ein anderer', wird das geflügelte Wort von Walter Großkreuz. Ein schlechtes Gewissen ist bei beiden Gesellschaftern der ImRe Immobilie und Rente GmbH nicht, aber auch gar nicht auszumachen.

Der Vertrieb Paul und Paul hält sich einige Monate mit dem Verkauf von gebrauchten Wohnimmobilien zurück und konzentriert sich in dieser Zeit auf den Verkauf von Neubauwohnungen mit deutlich geringeren Provisionen, aber großer Seriosität. Nachdem das Verfahren gegen sie eingestellt ist, fordern die angeschlossenen Vertriebspartner von Paul und Paul aber wieder, ihre Angebote auszuweiten und Wohnanlagen für Kunden, die Überfinanzierungen oder besser gesagt Kapitalerstattungen suchen, nach bekanntem Muster bereitzustellen. Eine Zusammenarbeit zwischen dem Vertrieb Paul und Paul und der ImRe Immobilie und Rente GmbH kommt nicht mehr zustande.

Konrad Wenczowsky findet schnell eine neue Anstellung bei einer großen Wohnungsbaugesellschaft in Köln, für die er den Verkauf der Wohnungen organisiert. Er verdient in der Folgezeit deutlich weniger Geld als noch bei der ImRe Immobilie und Rente GmbH, ist aber insgesamt glücklich in seinem neuen, seriösen Umfeld. Er findet eine neue Lebensgefährtin, mit der er bereits nach wenigen Monaten zusammenzieht. Es hat den Anschein, dass er aus den Vorkommnissen persönliche Einsichten gewonnen hat. Er überschreibt seine Anteile an der ImRe Immobilie und Rente GmbH nach einigen Monaten in einem außergerichtlichen Vergleich ohne Bezahlung an die beiden Mehrheitsgesellschafter Großkreuz und Müller und verzichtet auf die noch ausstehenden Zahlungen. Er will ein Ende der Zusammenarbeit.

Die Kreditinstitute wickeln ihre Neugeschäfte mit einer anfänglich strengeren Kontrolle über alle von dritter Seite zugeführten Immobilienfinanzierungen ab. Diese Kontrolle verliert sich allerdings nach wenigen Monaten schon wieder. Mit dem Angebot an Bankmitarbeiter, Provisionszahlungen für positive Entscheidungen einzelner Kreditanträge nach vorheriger Genehmigung durch die Geschäftsleitung annehmen zu können, ziehen Gier und Egoismus wieder bei den Kreditinstituten ein, und zwar auf allen hierarchischen Ebenen.

Die Kreditinstitute verdienen so viel Geld mit kundenunabhängigen Transaktionen, dass sie über einige Verluste, so sie denn auch wirklich eintreten, durchaus nicht böse sind. Man nimmt hin und akzeptiert, dass einzelne Mitarbeiter einen guten Nebenverdienst haben. Und Probleme regelt man auch weiterhin intern, ohne die Öffentlichkeit. Als einzige Änderung bleibt langfristig eine Beschränkung auf zwanzig Prozent für Finanzierungen, die ein Kreditinstitut in einem Bauvorhaben für einen Enderwerber insgesamt finanzieren darf. Damit wird wenigstens eine Streuung des Risikos auf mehrere Kreditinstitute erreicht.

Sabine Schmidbauer meldet wenige Wochen nach der Beerdigung ihres Mannes und nachdem sie mithilfe eines Finanzberaters Übersicht über die desolate finanzielle Situation ihres Mannes bekommen hat, Privatinsolvenz an. Sie und ihre Kinder schlagen natürlich das Erbe aus, Vermögen ist keines vorhanden. Ein Neustart nach sieben Jahren ist aber möglich. Mit ihren Kindern Isabella und Marko hofft sie, diese Zeit zu überstehen.

Und Thomas Schmidbauer? Nachdem einige Tage noch über ihn gesprochen wurde und alle Bekannten und Freunde ja immer schon gewusst haben wollen, was mit ihm war, verliert sich die Erinnerung an ihn. Thomas Schmidbauer gerät schnell in Vergessenheit, genauso wie sein Schicksal, seine Probleme, seine Angst und letztlich auch sein ganzes Leben.

Das Leben der anderen geht aber weiter.

Unverändert? Ja! Unverändert!